U0038087

我的老媽是名牌

A DIFFERENT KIND OF MOM

MOTHER 施寄青
ALAN 段奕倫
ERIC 段奕德 著

MAN OF THE YEAR
THE SUNSHINE CLUB
SOUTHERN LA
CALIFORNIA
SURFING THE WAVES
★SINCE 1971★

〈推薦序〉

被忽略的時代主題

名作家・精神科醫師——**王浩威**

我自己喜歡旅行，也一直認定所有的人都應該喜歡旅行。就像這一刻，剛剛看完書稿想好好寫些文章的我，一方面是因為閱讀帶來的許多感觸而激動不已，另一方面其實是準備打包行李就要出發去旅行的。這兩件事都是教人緊張，全身肌肉不知不覺緊繃，所有的感覺很容易就落入反射式的動作。

但是下筆寫作的靈感，對我而言，卻是需要放鬆下來，讓思緒緩慢，然後感覺才能像百花慢慢燦放開來，召喚天地之間的靈感。即使如此，自己的思緒還是因為即將開展的旅行而蠢動不安。

暑假到了，就該好好來一趟出遊，歐洲的巴黎或布拉格也好，國內的花東或中橫也是一樣迷人。心理學的研究裡，對人們性格的分析中，有一項變數一直都公認是極為基本的，也就是對新事物的渴求強度（novelty-seeking tendency）。

有些人喜歡許多新鮮的事物，有些人則避免變化，這是這項變數所指出來的。只是我總以為這不過是相對的問題，程度不一而已。每個人都還是有基本的好奇、求變等等傾向的。直到，遇到Alan，我才知道，原來有些人如此不喜歡旅行，即使只是短距離的移動，連身體都會有激烈抗議的。

段奕倫，我習慣稱他Alan，是一九九八年回到台灣，那一年經由他母親的介紹而認識的。Alan的母親施寄青是國內的知名人物，是女權運動的倡導先驅之一，是離婚教主，也是女性的總統參選人。認識Alan不久，弟弟Eric也回來了，也就是施寄青著名的作品《兒子看招》裡的那位兒子。

許多年來，陸續收到Alan和Eric講起他們成長故事的片段，這些談話雖然都是輕描淡寫的，但在平靜的言語中，卻經常夾帶著令人心驚膽跳的片段。生命果真像是我們經常提及的庸俗，像茫茫海洋中小小的一葉扁舟，稍一不小心，就可能命運完全不同的。聽他們講到景美找母親的故事，到加勒比海小島打棒球的神奇，在南非白人貴族學校的勢利眼，或是到了美國忽然要上大學的徬徨，一切都是教人覺得心疼而不可思議。

生命太渺小，以至於任何的遷徙都是可能遍體鱗傷的。所謂的漂泊，根本沒有浪漫的異國情調，也沒有大冒險的氣魄。至於家，根本就是只存在於想像中，只能不斷美化的一種存在。

我想起了猶太人描述自己流離顛沛的命運而創作出一個字：diaspora。是的，流離顛沛是我們之中的年輕世代還沒被討論的宿命。

每一年總會聽到有些父母在談著孩子的前途，在抱怨國內教育制度之餘，計畫著送孩子到歐美或日本，近年更有到中國大陸的。年紀也許是十一年級或更小的七、八年級，十分年輕，就準備出發。不管是暑假到普林斯頓補ＳＡＴ，還是去來台舉辦的英國留學博覽會，甚至是到異國的夏令營，總之，又一個奧迪賽之旅要開始了。

也許別人投以欽羨的眼神，也許是自己也忍不住得意了。然而，不論是掩藏不住的崇拜或酸葡萄心理的不屑，都看不到注定的邊緣人命運。

這幾年來台灣的大眾媒體開始莫名地崇拜ＡＢＣ，美國生的華人，或更準確地說是歐美長大的華人。一位台南出生的女性友人，小學在新加坡，中學到洛杉磯，大學和研究所則在美東的長春藤學校，如今在赫赫有名的跨國金融公司做事。她一路的表現都是符合成功的定義。只是，每次有朋友問她是否應將小孩送出國，她卻很直接地反對了。「為什麼要出國呢？你們不明白會發生多少一輩子創傷的細瑣故事。」她說，即使是現在，除非留在她目前這類的跨國公司，很少能遇到瞭解她這種猶太命運的亞洲人心境的朋友。「永遠是邊緣人，不論回台灣或到美國，不論有多麼成功。」我還記得她講這些話時落寞的神情。

Alan和Eric也是在這個時代迷思中出現的另一種猶太人，只不過是離婚和父親的外交工作所帶來的。Alan如此，Eric如此，他們的母親又何嘗不如此？在一九四九年國共對立後，十萬甚至百萬的生命就開始了無父無母的流離狀態。這些飄離故鄉的子女是因為戰爭，所有的創傷都來不及細細品舔療傷，下一代因為「富裕」又開始顛沛流離了。

有些人是真的不喜歡旅行，不只是最誠實的身體是這樣反應，連清楚的意識也是如此拒絕著。Alan、Eric，和他們的母親施寄青，在這一本難得的書裡，寫出了一直被忽略的時代主題，而且是一整個家庭的。

〈推薦序〉

離婚是一種福氣

名作家——王文華

施寄青是我高中的老師，段奕倫（Alan）是我的朋友，他們出書，我當然要先睹為快。

施老師把學生叫兒子，所以班上的同學都是她兒子。高中時我不知道她有兩個年齡跟我們差不多的親生兒子，也不知道她離婚的故事。她在學校總是神采飛揚，從不露出半點悲傷。她在媒體上犀利，但對學生非常溫柔。我們有事，特別是感情的事，都會去問她。她有話直說，但不會把人逼到死角。

Alan也是自在隨和的人。父母的離婚對他當然有傷害，但他不會用那些不愉快，做為逃避愛情的藉口，或是橫行霸道的理由。他總是大方地告訴我們交女友的事，邊說邊嘲笑自己的無知。他的感情路雖然不順，人卻很有安全感。他是少數在MSN上，永遠呈現「上線」狀態的人。他不會躲在幕後，用「忙碌」保護自己。他總是大剌剌地站在台前，準備開始任何一段對話，或愛情。

施老師、Alan，和弟弟Eric合寫了這本書。畢竟是一家人，三人的筆調一樣真。雖然我認識他們，但還是被書中的場景和語氣所感動。比如說Alan用笨拙的筆跡混雜著注音符號寫給媽媽的信。比如說Alan在南非與台灣的媽媽通電話時，媽媽請他叫爸爸來聽，一等就等了十五分鐘。又比如說小時候Alan和弟弟Eric一起洗澡，弟弟摔了一跤，Alan一面幫他揉傷口一面安慰他：「哥哥在這裡，不用擔心，痛一會兒一下就好了。」

哪一個家庭，沒有這些場景？

他們故事的「情節」是獨特的，但故事中的「情感」是共通的。你我的家庭也許沒有破碎，但都有和他們一樣，對家人手足情深、卻又手足無措的經驗。

Alan的專業是動畫。好的動畫，有時比真人演出的電影還真。它的真不在於人物的形象，而在於人物的情感。這本書，就像一部好的動畫，情感純粹而真實。

Alan在序中說：「以我小學五年級的中文程度，怎麼可能寫書呢？」

看了這本書，我倒覺得：正因為Alan的中文不純熟，所以他能專注在自己的情感。五年級的中文程度不是詛咒，而是福氣。

也許從這個角度來看，施老師的離婚，對他們三個人的生命來說，也不是詛咒，而是福氣。

我祝福他們一家人，用接下來的一輩子，好好享福。

〈推薦序〉

「不幸福」的真實告白

親子天下總編輯——何琦瑜

看完施寄青老師和段奕倫兄弟的這本書，腦中閃過托爾斯泰在《安娜．卡列妮娜》的開篇語：「幸福的家庭擁有同樣的幸福，不幸福的家庭則各有各的不幸。」

最近幾年，部落格大行其道，書寫親子家庭紀事成為其中的主流，書市也因而出現了許多從部落格集結出書的「幸福家庭故事」。坦白說，閱讀幸福的故事雖然讓我欽羨，卻也倍感壓力。在我有限的生命經驗中，不論是愛情、婚姻、家庭、親子，每一段親密關係的維繫，都必然伴隨著各種掙扎與取捨。就像施老師在書中的叮嚀：婚姻不是靠愛情來維繫，而是靠道德和責任。或許因為施家三位作者的坦誠相見，使得讀者如我，反而能從他們「不幸福」的真實告白中，感到釋然，取得共鳴，甚至學到經驗。

談論離婚、單親家庭教養的書很多，我們很少能從小孩子的真實經驗與成長歷程反溯其影響：到底「家」是什麼？幸福的定義是什麼？未來社會的家庭形態將越來越多元複雜：單親、繼親、新住民……我們常用家庭的形態，論斷一個人，或家庭的命運。在本書中，段奕倫反省自己的經歷，提出了很好的建議與安慰：關鍵重點不是

「離婚」與否，而是父母雙方對子女持續的愛。愛在哪裡，家就在哪裡。而建立親密關係的能力，對一個孩子的自信與命運，具有決斷性的影響。

書中，段家兄弟也很勇敢的戳破台灣主流社會對ＡＢＣ（American born Chinese）的迷思。那滿口英語與不標準國語的背後，是中英文都不扎實的、極度缺乏自我認同與文化歸屬感的困惑。非常值得想把小孩送到美國長大的爸爸媽媽們參考。

〈作者序〉各說各話

施寄青

我們母子三人寫這本書要呈現的是母慈子孝、水乳交融呢？還是要把自己真實的感受寫出來？然而真話會傷人。

當艾倫把他寫的東西給我看時，我十分生氣，我自認是個盡責的好母親，在他眼中竟然是個跋扈專權的人。

艾瑞克看他哥哥跟我鬧得不愉快，表明他也有話要說。因為在《兒子看招》一書中全是我的片面之詞，他無力反擊，所以也要表達他的感受。

我生氣後，覺得自己未免太小家子氣，我一向自詡為真實的人，為何不能接受兒子們的真話？何況寫這書的目的為何？

我們母子從未好好坐下來談對彼此的感受，我不瞭解他們的成長過程，他們更不瞭解我的心路歷程。難道我只是要兒子們的歌功頌德嗎？營造這種假象做什麼？為何不能呈現真實的一面？

所以這本書是各說各話。不過我看了他們寫到失父少母的成長過程，令我感到萬分慚愧，在婚變之初，我只專注於自己的憤怒，跟他們的父親吵個沒完沒了，完全無暇顧及他們；他們則一再強調他們不記得父母的爭吵，他們玩得很快樂。

我相信在他們最深的潛意識中，一定有許多莫名恐懼與不安全感，因為他們最信賴的父母成了最不可靠的人，而且帶給他們許多創傷。

但他們選擇遺忘，他們心存仁厚，不想對父母口誅筆伐，如果他們真的忘了父母的爭吵，艾倫不會一緊張便拉肚子，艾瑞克不會動不動生悶氣，其實父母離婚的陰影在他們身上很明顯的反應出來。

最近我認得一位十分慈悲的師父，她語重心長勸我，我若不徹底放下我對他們父親的嗔恨，我和他來世還會續緣。我跟師父說：「千萬不要重來一次。」師父嘆息道：「要看妳的修為了。」我很慚愧自己到老還沒修到心平氣和，相對於他們，他們心胸比我寬大多了，我們實在不配做他們的父母。

書寫有助於療傷，回溯往事讓人反省，我還是很高興我們母子寫了這本書，可以增進對彼此的瞭解，也讓跟我們有同樣遭遇的家庭，能從我們的故事中獲得一些助益。

也許這本書寫早了點，因為等他們為人夫、為人父，或許我們會有更精采的對話，因為那時他們對很多事會有另外的看法，不過屆時我們可以再寫一本以饗讀者。

在書寫過程中，往事歷歷在目，時常讓我傷心落淚，原來我一直以憤怒來掩飾我深層的悲哀，這種悲哀來自自己失父少母的成長過程，延伸到被迫在兒子們成長過程中缺席的悲傷。如今終於可以發洩出來，也讓我意識到我的憤怒是來自難以言喻的悲哀。

去年赴美到妹妹家，妹妹談到她剛到美國留學時，常常晚上做噩夢，夢見她兒子從家中樓梯奔下來，抱住她大腿痛哭不肯放手的情景。如今她兒子已為人父，對太太、女兒呵護備至，他要讓女兒活在愛中，所以盡責做個好父親。雖然艾倫和艾瑞克對於結婚生子有許多不確定感，但我相信他們一定會盡責做個好丈夫和好父親，不讓兒女再經歷他們的遭遇。不過世事難料，萬一事與願違，他們只要盡了力，而且問心無愧就行了。感情的事最難料，不是只靠一方努力便能成的，我只希望萬一緣盡情了時，他們能做到不傷人也不被人傷就是萬幸了。這也是我做母親唯一能給的祝福。

〈作者序〉

這一次我真的哭了

段奕倫

當皇冠提議要出這本書時，我的第一個反應：以我小學五年級的中文程度，怎麼可能寫書呢？主編提議我可以用口述由別人來代筆。但我發現要對一個陌生人敞開心胸，高談闊論我的感受實在很困難，因此我決定自己執筆。

開始下筆後，才發現真正的困難不是我的中文程度，而是必須誠實的面對自己內心最深層的感受。為了讓自己能夠專心與自己對話，每天趁早上客人稀少的時間，在朋友開的咖啡店裡一個字一個字慢慢打。心中一直興起放棄的念頭，因為過程實在太困難，檢視過往的記憶當中，常常讓自己的情緒激動。寫完第一稿時，自豪的拿給老媽看，但稿子寄出後就沒下文了。好奇之餘，我主動打電話給

她，問問她的感想，那天母子兩人大吵一架。

爭執後，我寫書的動機完全消失，心想我不但要把自己內心深處的感受公諸於世，還可能再次引來家庭戰爭，這種吃力不討好的事做了是為什麼？

母子兩人沒再提起書的事，幾個月後，在主編的堅持和督促下，母子兩人才又達成協議，老媽表示不干涉我的內容，但要預留她的篇幅，因為她也有話要說。

回溯封塵已久的往事中，最令我百思不解的是無數的空白記憶，任憑我怎麼努力，就是無法使那些空白的畫面顯像。自己突然意識到這似乎不太尋常，於是開始到處搜尋線索，翻箱倒櫃找出所有兒時相關的資料，訪談親朋好友（包括去年剛去世的奶奶），並請王浩威醫生協助我分析，試圖用各種方式來完整自己的記憶拼圖。

在書寫的過程中，我慢慢開始接受老媽所謂的「選擇性的遺忘」。更體會為何書寫是一種自我療傷的過程。

某天早上照慣例，我獨自在咖啡店寫稿。當回憶起我與老媽離別的情境時，情緒霎時如排山倒海般一湧而上，我一面寫著一面掉淚，顫抖到不敢繼續寫下去，因為發現自己害怕面對這些封塵已久的記憶。從小到大，從未因為父母親的事掉過淚，但這一次我真的哭了。

過往的點點滴滴造就了我與父母親的關係疏離，所以我們並不知道如何與彼此分享心的感受，藉由這本書，或許能增進我們對彼此的瞭解。書中的內容純粹是我零碎的記憶與觀點，某些事件或許和爸、媽或阿姨的認知不同，但我無意在此批判任何人或事件，內容皆以自身的立場來解讀並述出我的感受。

我喜歡告訴朋友：「我是個很幸福的人。」因為生命本來就不是完美的，若生命只是充滿幸福與快樂，那不是很無聊嗎？就是因為有喜有淚才會讓我們的生命豐富有趣。抱持這樣的態度，讓我更積極的去做好每一件事，因為只有努力生活才會讓自己更珍惜得來不易的幸福與快樂。能夠做自己喜歡的事是老媽送給我最大的生命禮物，能在年輕時便周遊列國，豐富我的人生視野這是拜老爸所賜，他們給了我一個很特別的人生經驗，不論發生過什麼事，他們永遠是我最愛的父母親。

還要感謝在寫這本書的過程中，對我鍥而不捨督促的主編、不厭其煩幫我校稿的女朋友，還有所有協助與支持我的人。

〈作者序〉

面對過去

段奕德

這本書其實很久以前就已經在我跟我哥的腦海裡形成了。剛回台灣跟老媽住的時候，別人都會跟我們說我媽有多前衛，或她是一個多麼不傳統的母親那類話，但當我們各自慢慢瞭解我們的母親，很自然的，我們發現她並不像平常在電視上那麼的麻辣。沒錯！在那強悍、騷包的個性外表下，她其實比一般母親還嘮叨！很難想像吧？曾經參選過台灣總統的老媽，是個愛碎碎唸的老娘。一直到皇冠去年找到Alan，詢問當施寄青的兒子有無東西可以出書，我們才決定把我們想說的話寫下來。我們當然要抓住這機會，來反擊以前老媽常在書裡爆我們的料！當然，重點也在於我們跟老媽的關係，在這樣的過程中，我們就決定要voice our opinions。

結果並沒有想像的順利，才剛開始，老媽就跟老哥起了衝突！因為各自的立場不同，相持不下，而我也遭受池魚之殃，被拿來當出氣筒……

當大家終於協調好要繼續進行，我發現又有另外的問題……怎麼說呢？小時候因為年紀實在太小，根本記不清任何事情。我的記憶比Alan還糟，因為我不但年紀小，又是姥姥不疼、舅舅不愛（我老媽的名言），父母吵架的時候，通常也不是在我們小孩面前，所以父母婚變的時候，我幾乎沒印象……這也不怎麼奇怪，畢竟不好的事情，我想一般人也不太會想記起來。我很自然的封閉了自己，對父母的恩怨情仇和他們的感覺毫無興趣，因為說實在的，太複雜了！媽媽為什麼要住在別的地方？為什麼要吵架？誰是阿姨？沒人能告訴我一個確定的答案。在那時候，對一個小孩來說，這可能是他不需要也不想要的壓力，於是，我就顧著玩，也不想面對這些問題。這種自我封閉、逃避，到了長大以後，還是繼續影響我，每當碰到感情太複雜的事情就選擇不去管它。

只是有些事還是無法不去管，就算你想盡辦法逃避，它依然在那裡。親子關係到最後還是我始終得面對的。在寫這本書的過程中，每當我聽到母親描述某件事情或看到自己以前寫的信，還有小時候的照片，我發現我確實選擇遺忘很多事情。當然，這些大部分都不是什麼愉快的事情，但它們是我成長中一個重要的部分。當一些記憶喚醒過來，慢慢的，我也找出心裡的一些感覺……

在尋找回憶跟感覺的過程中，我同時也體會到老媽的辛苦。小時候不懂的東西，隨著自己年齡的增長，漸漸也能體會，當父母親果然不是一件容易的事。雖然說一開始只想讓讀者知道老媽有多嘮叨，在我們面前其實也就是一位再平凡不過的母親，但現在回頭看看老媽年輕時所走過和經歷過的風風雨雨，我想也只有真正堅強且勇敢的女人可以獨自面對那一切。所以說來說去，老媽雖然嘮叨，但是她那堅毅且不服輸的個性，在當年一片保守風氣中的前衛表現，讓我也佩服萬分，覺得她的確是位特別且了不起的女性！

最後，要感謝皇冠主編龔小姐的鍥而不捨，讓我有這個機會重新去整理和面對從小到大的所有回憶，同時也要謝謝所有協助完成此書的人。

CONTENTS

MOTHER

P A R T O N E

謝謝你們
來做我的寶貝

做父母的最該提供給子女的是一種信賴感，
我也許不是個完美的母親，我也不相信有所謂完美父母，
但對我的兒子們而言，我至少是個言而有信的人。
我很少對他們說我愛他們，但我對他們負責到底。

——施寄青——

前塵往事

一九七八年七月我們一家奉外交部令調回國，在美國生活四年，艾瑞克是一九七六年十月生於德州休斯頓。回國後不到三個月，我就發現他們父親有外遇的事。

事實上，他跟我結婚不久便搞外遇，外遇對象不止一個，我至今不清楚他為何在婚姻之初便搞外遇，因為他連給我表現的機會都沒有。

大多數的婚姻至少也在相處幾年後才發生外遇，即所謂的七年之癢。

我認為自己一直盡責的扮演賢妻良母的角色，而且還是他事業上的好幫手，他為何要搞外遇？而且迫於外遇的威脅，自請調部回國，我氣到全身發抖，恨不得置他於死地，認為他忘恩負義到極點。

隨即而來的是冷戰、熱戰、抓姦等戲碼，這些過程我都寫在《走過婚姻》、《婚姻終結者》二書中。

一九七九年二月全家最支持我的公公因胃癌過世，出殯後第二天，艾倫奶奶便把我趕出家門，唯一支持我的是小叔，他在雨中追出來，勸我忍耐，回去跟婆婆道歉，我心想我又沒做錯事，他們家不講理，一味袒護兒子，我當時悲憤交加，心中立誓：「姓段的！我不追殺你到底，我不姓施。」

之後，我搬到萬盛街，這間公寓是艾倫奶奶出錢租的，她當然也知理虧，她為示公平便要我們一家全搬過去。

艾倫爸爸當然不會住那裡，由於我要找工作，也無暇照顧艾倫兄弟，最後變成我一人住那裡，他們兄弟和奶奶、爸爸住。

我的母親在那時更加瘋癲，弟弟、妹妹皆出狀況，妹妹也面臨婚變，換言之，一人衰，全家衰，這是一生中最慘的時候。我沒有工作，身無分文，不但要掙扎生存下去，還要擔心瘋癲的母親。

這時恩師楊承彬老師伸出援手，讓我回到原來任教的學校代課。

母子分離

婚變之初，我住到妹妹家。艾倫兄弟根本不知道是怎麼回事，媽媽突然消失，不到兩歲的艾瑞克便和艾倫一起被送到托兒所。艾瑞克一直哭著要媽媽，他在托兒所午睡醒來以為幼稚園老師是媽媽便叫她媽媽，後來發現不是便一直哭。

艾瑞克小時候經常哭兮兮，原因是大人完全忽視他，哥哥經常欺侮他，最疼愛他的媽媽不知道為何消失了，沒有任何人關心他，一受委屈便哭，他奶奶對他毫無耐心，經常打他。

這些是艾倫轉述給我聽的，我聽了自然心如刀割。艾倫在幼稚園學寫字後便寫便條給我：

媽媽我和弟弟ㄉㄡ很ㄒㄧㄤˇ你你ㄒㄧㄝˇ了一個ㄊㄧㄠˊ ㄗ（條子）我ㄉㄡ看到了一 ㄨㄤˋ（希望）你快ㄉㄧㄢˇ回來ㄍㄣ我們ㄓㄨˋ ㄖㄤˊ ㄏㄡˋ（然後）我要媽媽你ㄇㄟˋ天ㄉㄡ到ㄧㄡˋ ㄓ園去看我和弟弟ㄓㄨㄛ（昨）天我看到媽媽ㄒㄧㄝˇ的ㄒㄧㄣˋ我ㄐㄧㄡˋ ㄎㄨ了？

彬彬（艾倫的小名）上

媽媽我好ㄒㄧㄤˇ你ㄒㄧ ㄨㄤˋ媽媽快ㄉㄧㄢˇ回來跟我們ㄓㄨˋ我ㄎㄠˇ的很好？ㄒㄧ ㄨㄤˋ你ㄔㄤˊ ㄔㄤˊ到ㄧㄡˋ ㄓ園來看我和弟弟。

彬彬上

雖然事隔三十年，如今重看艾倫拙稚的筆跡，仍讓我落淚不已。當年我看到他留的字條哭到不行，他不明白他奶奶把我趕出家門後，根本不准我回去，所以我送他們回家時，也只能送到門口。

台灣有一陣子流行日劇「阿信」，前半段阿信苦到不行，而她幫傭人家的小姐神氣活現，結局是阿信成了女企業家，小姐卻淪落為妓女。滿腔的悲憤成了我奮鬥的動力，不過等我反敗成功後，我根本不想報復對方，因為他們才是真正造就我的人，沒有婚變，我怎會成為台灣婦運的超級戰將，將自己的生命發揮得淋漓盡致？我把艾倫爸爸、奶奶、姑姑、外遇當成是來成就我的逆境菩薩，感謝他們還來不及。

這是艾倫上小學後寫的第一封信。

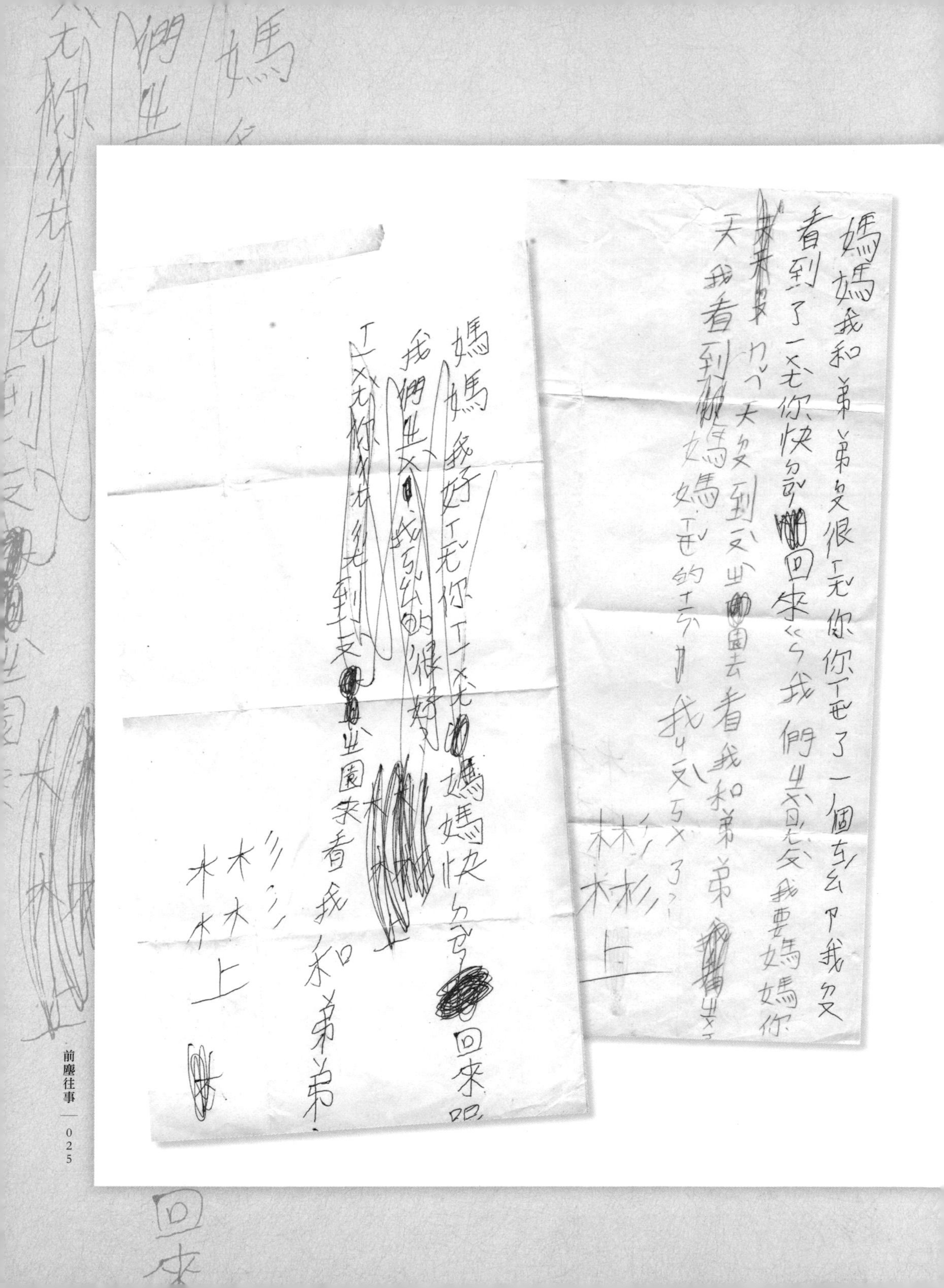

媽媽我要跟您因ㄨㄟˋ您會帶我和弟弟出去玩ㄙㄨㄛˇ以我和弟弟都要跟您媽媽我ㄕㄨˇㄐㄧㄚˋ我要跟您和弟弟在家。

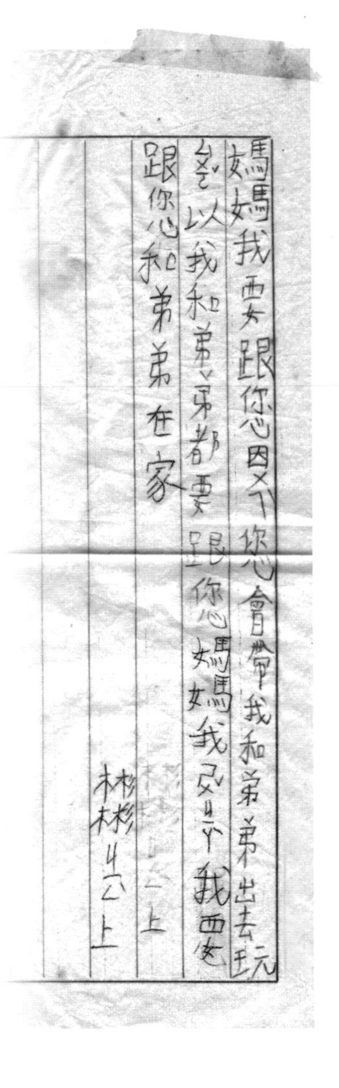

艾倫是一九七三年生的，他上小學已是一九七九年，正是我狀況最糟的時候。

有一天，我代課回來，鄰居告訴我，他下課後，便跑到我住的公寓，由於我不在家，他一直坐在樓梯上等我，鄰居說他至少坐了兩、三小時後才不見了。

我聽了十分難過，趕忙打電話到他奶奶家，所幸他已回去了，我問他找我做什麼，他說他很想我，所以跑去找我，因他不知道我有工作，所以我要他以後要找我，得在下午放學後。

至今我仍記得鄰居告訴我這事時一臉同情的表情，我腦海中浮現一個小小孤獨的身影，坐在樓梯間，百般無聊的自己玩著。

我們無法用電話聯絡，因我窮得連電話也裝不起，我的第一支電話是皇冠老闆平鑫濤先生幫我裝的，這電話還是瓊瑤小姐的。

我代課一年半後又失業，後來找到翻譯工作，但不到四個月又被老闆炒魷魚，原因是仗義執言。之後便投效皇冠，我至今仍很感謝平先生，他和楊老師是我人生落難之際的兩位大貴人，沒有他們給我工作，我當時是死路一條。

一天下午，我從皇冠回家，只見空蕩蕩的馬路上，一個穿著制服，揹著書包的小學生一路晃蕩，三不五時對著人家窗口叫：「×××！你在家嗎？」

我心想，誰家的孩子這麼無聊，怪可憐的，找不到同伴玩。

就在這時，那個小男孩轉過頭來，一看到我，先是怔在那兒，然後箭也似的飛奔過來，驚喜的抱住我叫道：「媽媽！媽媽！」我趕忙摟住他，摸著他的頭說不出話來。

古詩中有「入門各自媚，誰肯相與言」的詩句。意思是大家各自回家享天倫之樂，誰肯跟我說話安慰我呢？

他的同學們都回家去了，有家人照顧，可以吃媽媽煮的飯。只有艾倫，他即便回奶奶家，奶奶也在上班，沒人管他，弟弟又在托兒所，他連找個說話的人也沒有。

由於他們的戶籍在萬盛街，所以上武功國

小，但他們住新店奶奶家，同學都住萬盛街一帶，回奶奶家便找不到玩伴，所以艾倫才會在萬盛街遊蕩，希望能到同學家玩，免得一個人面對滿室的寂寞。

這也是艾倫為何寫這張紙條的原因，他以為媽媽是老師，老師跟他們一樣有寒暑假，所以他和弟弟放暑假後可以跟媽媽住，媽媽不上班可以帶他們去玩，他不必做鑰匙兒。

他不清楚我只是一個代課教員，到暑假便失業了，我得找下一個工作，哪能陪他們呢？

隨著這封信，他畫了一幅畫，畫的是熱帶海中的魚、蚌、章魚、烏賊，上面寫著一年六班。（左圖上）

背面寫著：

媽媽彬彬給您的信。

這是他最早展現藝術才能，他在武功國小讀書時，參加過全台北市兒童繪圖比賽，獲得前幾名，這是他老師告訴我的。

艾倫兄弟的老師都知道他們父母婚變，所以對他們格外照顧，我十分感謝她們，特別是艾瑞克的老師宋慧娟女士。

我還保留一張艾瑞克畫在我皇冠稿箋背面的畫，他那時還未上小學。（左圖下）

一年六班
段奕倫

一九八四年元月九日我與他們父親簽字離婚，那天是我們的結婚紀念日，我刻意選那天，倒不是有什麼考量，而是覺得要有始有終。

我們夫妻真正相處的時間是在美國那四年，那時他才真正認識我的能力、見識、性情，只可惜他一直活在當雙面人中。以我的個性，我沒辦法同時應付老婆與外遇，因為我是一根腸子通到底的人，但許多人是樂此不疲的，譬如美國前總統柯林頓，不讓他搞外遇，那比殺他還難。

如今我已年過一甲子，對與我行事作風迥異的人，我只做個旁觀者，不予置評。孔子說：「六十而耳順。」一人過六十歲，見多識廣，知道一種米養百樣人，每個人的價值觀不同，對事對人的詮釋系統也不同，沒有絕對的東西，只有相對的。

當然，站在艾倫兄弟的立場，我這種清教徒個性的人生無趣透頂，畢竟他們是藝術工作者，沒有這些愛恨情仇的劇碼，文學、藝術、音樂無由產生，電影、電視劇便無戲可唱了。

當賢妻良母大錯特錯

進入老年後，我看到許多夫妻關係暮氣沉沉，原因是雙方都是盡責的君子，即便雙方個性迥異，生活在一起如槁木死灰，但因責任感重，誰也不敢背叛，結果婚姻有如無期徒刑。

還有的是一方滿意，另一方痛苦不堪，只好以工作或其他嗜好來逃避配偶與家庭；而滿意的一方永遠也不知自己給對方帶來多大的痛苦，他們以賢妻良母或賢夫良父自居，認為自己十全十美，對方若要他們改變就是混帳，他們往往個性執拗、沒有改變的空間。

若以此角度來看婚姻，我很慶幸艾倫爸爸演出背叛劇碼，因為他很少表現真正的感情，我會理所應當的認為他對我這個賢妻良母十分滿意，我一輩子都不會檢討自己錯在哪裡——難道當賢妻良母是錯的嗎？

當然是大錯特錯，因為這只是符合俗世價值的角色，扮演者都是沒有自我的人，一個沒有自我的女人是一點生活情趣也沒有的。《紅樓夢》中的薛寶釵即是，她是大家眼中的完美典範，卻沒有自己的靈魂。

我在與艾倫父親分居六年中，逐漸體悟到我從小到大，都是活在別人的價值觀中，從未深刻反省自己為何活著。

被艾倫父親解除賢妻良母的角色後頓失所依，我痛恨他剝削我一向的安身立命原則，即一個女人最大的價值是賢妻良母。

如果不經他這麼當頭棒喝，我哪能活出自我來？一旦從這個桎梏解放後，我成了王安石的信徒「天命不足畏，祖宗不足法，人言不足恤。」所以投身婦運，希望能將所有的婦女從此桎梏解放出來。

現世報

艾倫兄弟在我跟他們父親離婚那年暑假隨父親外放至加勒比海。在加勒比海待了五年，然後轉至南非，在南非待了兩年多，將近八年時間，母子只能以書信往返。八年中，他們寫給我的信近五十封，換言之，一年約六、七封。他們的來信除了報告近況外，千篇一律要東西，開出清單，我雖不滿意他們把我當聖誕老人，但我知道我不能在信中訓他們，如此親子關係會更加疏離。

我看得出，若沒有禮物這個誘因，他們怎會寫信？因為他們離開時一個唸完小學五年級，一個才唸完小學二年級，要他們用中文寫信是很辛苦的事。

其實當他們從父母婚變的震撼中恢復後，兄弟倆已發現最好的生存之道是跟父母要東西，反正父母雙方都對他們感到愧疚，第三者也會討好他們，爭取他們的認同，所以他們不只是左右逢源，而是三面逢源。

他們從想媽媽，找媽媽，哭著要媽媽，很快便學會沒有媽媽的日子該如何自處。他們跟同伴玩，到處遊蕩，甚至遠征到小碧潭，那裡經常有人溺斃。當阿玉向我告狀時，我知道罵他們沒用，只好以眼淚感化他們。

他們見我沒罵他們只是哭便噤聲，艾瑞克怯生生的要我不要哭，我告訴他們如果他們淹死了，媽媽會哭死，他們才答應我不去小碧潭。

我雖擔心他們，卻是鞭長莫及，顧自己的生活都來不及。記得小時候我和妹妹進孤兒院後，每到黃昏時特別想家，我常一個人坐角落裡哭，妹妹跟我相反，她很快便融入院中生活，與院裡的小朋友玩得不亦樂乎，根本不想家人。

隨著歲月流逝，思家的心情逐漸淡了，我們認清一個事實，母親的日子過得越來越艱困，哪有能力接我們回去，所以認命的等小學畢業再回家。

我們渴望回家，但真回到家中，面對情緒不穩，整天與繼父吵架的母親和貧困的生活，才發現孤兒院的日子還比家裡快樂。終我們一生與母親有難以言喻的隔閡。

艾倫兄弟跟我有一樣的心路歷程，他們唯一比我幸運的是父親雖經常不見人影，但至少他是活著，沒有母親還有奶奶，而且一直生活在優渥的環境。

他們自己都難以明白為何對我有莫名的憤怒，他們不承認他們有，但我很清楚那種情緒是潛藏在深處的，因為在他們最需要媽媽時，媽媽是缺席的。但他們卻從未問過我缺席的原因，我並不要他們選邊站，我只希望他們明白我的苦衷。

我和妹妹也常將怒氣發在母親身上，不過我們都是現世報，我們的兒子們從來不問我們為何缺席，卻對我們有著莫名的憤怒。

不要讓孩子變兩面人

他們自小便對模型有興趣，深受日本卡通影片的影響，他們畫的都是機動戰士之類的東西，兄弟兩人都有一雙巧手，對美的事物特別敏感，不論是文學、音樂、藝術。

所有他們的來信都是要模型。我忙於婦運、教書之外，還要跑萬年大樓，照他們信上指定的清單買，買了後還要花大筆運費寄出，那個年代沒有聯邦快遞這種公司，只能靠郵局海運，偶爾空運，運費比東西本身還貴。

所幸我到皇冠擔任翻譯後收入大增，已脫離飢寒交迫的苦況。艾倫奶奶一向瞧不起我們家，認為他們是有錢人，小孩自然也學會勢利眼。對缺乏愛的他們而言，唯有物質才能滿足他們，輸人不輸陣，我忙於工作賺錢，忙於母親瘋癲的事，難得有時間跟他們相處，一旦有空相聚自然帶他們去吃好的，買他們要的玩具。

我很清楚這麼做是不對的，艾倫早已學會做兩面人，向我告狀說奶奶、爸爸如何苦待他，不給他買這買那，我只好買給他們。我若不同意，他們又告奶奶狀，說媽媽如何如何。

快離婚前，我請他奶奶跟他們兩兄弟出來吃飯，在席間達成協議，管教要一致，以免他們學會在夾縫中討便宜，因為再這樣下去，艾倫會變成小混帳，艾瑞克是有樣學樣。

這也是他們去加勒比海後，我從不打電話給他們的原因，以免他們有恃無恐，拿我做靠山，不服他們父親和阿姨的管教。此外，若通電話，他們會在電話中要東要西，連信也不寫。

至少他們會為了要東西寫信，我不希望他們不懂中文，一如在國外長大的小孩。在這點上，我要感謝他們父親，因他們在家中說中文，他還要他們學三字經、唐詩，艾倫還唸過荀子《勸學篇》。

他們兄弟回台後，特別是艾倫，因他是個大量閱讀者，一週至少去誠品逛一、兩次，看到好書還會告訴我，他看過的好書或電影會推薦給我，我很高興母子可以以文會友，因此他的中文有長足的進步，讀、說、寫都難不倒他，只有標點符號有問題。

艾瑞克回台灣上美國學校，但因他喜歡看漫畫，所以他的中文是看漫畫學來的。他回來時連ㄅㄆㄇ都忘記了，如今可以用ㄅㄆㄇ在電腦上寫中文，但要他用手寫，經常會搞錯部首。

他們若用英文寫作，文筆算是流暢有文采的。

海外來鴻

我挑出幾封信來，說明我們母子如何透過書信互動，可惜的是他們並未保留我寫給他們的。

這封信是一九八四年八月十日，是郵戳上的日期。

親愛的媽媽：你好、最近好嗎？我在這裡很好，天天游泳、現在曬的好黑喔！但卻吃不了像台北那麼好，卻長胖了3公斤，在這天天看大海，風景很美希望你答應我的兩年後來，可以看到美麗的風景，記得一定要來，希望你看到這封信後能打電話給我、可以直撥電話號是(809)465-2754問阿玉的地址和×××（他的好同學）的、請帶×××去買模型和一ㄠˊ控車的書、模型由××挑買上5瓶ㄐ一ㄠ寄來。

彬彬敬上

記得幫我問阿玉的小孩電腦頑童11集漫畫是否出刊了有的話請幫我向租書店購拜託一定要，不要不行。一定要買到！以後有新的一集就寄。

Hotel Lexington

親愛的媽媽

你好，最近好嗎？我在這裏很好天天游泳，現在曬的好黑喔！但卻吃不了像台北那麼好吃脹胖了3公斤，在這天天看大海，風景很美希望你答應我的兩年後來可以看到美麗的風景記得一定要來希望你看到這封信後能打電話給我，可以直撥，電話號碼是(808)465-2754問阿玉、石健生好，回信請附上阿玉的地址和石健生的，請帶石健生去買模型和遙控車的書模型由石健挑，買上5瓶去寄來。

林彬杉敬上

A TAJ INTERNATIONAL HOTEL

LEXINGTON AVEN

記得幫我問阿玉的小孩電腦玩童漫畫是否出刊了有得話請幫我向祖書店購拜託一定要不要不行。一定要買到！以後有新的一集就寄。

媽媽你好嗎我是龍龍 我在這裏很好了我在這裏吃東西不像台北那ㄡ好天天游泳都ㄅㄧㄢ ㄔㄥ了黑人了這裏的風景很好我一直快希望等到兩年媽媽你一定要到美國來再見 龍龍敬上

媽媽妳好嗎我是龍龍（艾瑞克小名，他是龍年生的）我在這裏很好了我在這裏吃東西不ㄒㄧㄤˋ台北那ㄇㄡ好天天游泳都ㄅㄧㄢˋ ㄔㄥˊ了黑人了這裏的風景很好我一直快希望等到兩年媽媽你一定要到美國來再見

龍龍敬上

親愛媽媽：

您近來可好。我因為拉肚子所以今天沒去上學，這裏很好。在今天的時候我去了聖馬丁。那裏有好多中國人喔！我在這裏也有壓歲錢，差不多有850元台幣。在這個加勒比海區，中國人也不少喔！一個島差不多有一個中國餐館。這些人大多都從大陸來的。

對了！我們之間也好久沒通信了，希望你給我寄一封信。姨媽也給我寄了模型來。但我還是喜歡台灣的。希望你能再寄一次。希望你能打電話給石頭叫他告訴你那種好。因為我要機戒人。模型名字有三個，你告訴他名字。他就知道了因我有寫信給他的關係。名叫一、巴基里改造型。二、機動戰士601改造形三、白鹿克軍45，改造還一個機動戰士的書。

拜託，拜託，拜託，拜託，拜託

拜託拜託，拜託拜託，拜託！

彬彬兒上

1985.2.26.

對了！這裏的1元是台幣15元

一張信紙，兩兄弟合寫，艾瑞克根本搞不清他待的地方是加勒比海，他還以為是美國。

親愛的媽媽：您近來可好。我因為拉肚子，所以今天沒去上學，這裏很好，在今天的時候我去了聖馬丁。那裏有好多中國人喔！我在這裏也有壓歲錢，差不多有850元台ㄅㄧˋ。在這個加ㄌㄜˋ比海區，中國人也不少喔！一個島差不多有一個中國餐館。這些人大多都從大陸來的。對了！我們之間也好久沒通信了希望你給我寄一封信。姨媽也給我寄了模型來。但我還是喜歡台灣的。希望你能再寄一次。希望你能打電話給石頭，叫他告訴你那種好。因為我要機械人。模型名字有二個，你告訴他名字。他就知道了，因我有寫信給他的關係。名叫ㄧˋ巴基里改造型。二、機動戰士 60/1改造形。三、ㄙㄚˇ克軍 45/1 改造還一個機動戰士的書。

拜託、拜託，拜託，拜託，拜託

拜託拜託拜託拜託拜託拜託

彬彬兒上1985.2.26

對了！這裏的1元是台ㄅㄧˋ15元

親愛的媽媽：您好嗎？我很好，9月1日就開學了，還要買書真是問後XX大哥好嗎？我在學校很好，我們有個同學真討厭，他叫Darren，真討厭、真討厭，有一次他和哥哥說我可不可以來我們家，哥哥說不行，他就和我說「你哥哥說可以來我們家，我說不可以放學我和哥哥在看電現（視）他就來我們家還叫他媽媽回家真可惡我一直一直一直想騎馬，您現在怎麼樣，對對對不起很久沒寫信了，我好想要一隻小小小狗（他畫一隻小狗）我好想回去您那裏，……

我們家有11個蛋〇〇〇（他畫十一圓圈）好多好多明天假如13個蛋（他畫十三個圓圈）哇太多了太多了我們明天假如13個（他畫十三個圓圈）就有13隻小雞我很想您對了10月15日是我的生日您可不可以送我生日禮物坦克車或吉普車都可以或金剛，我很想您。祝您快樂，身體健康

兒龍龍

艾瑞克和艾倫寫信一定是圖文並茂，艾瑞克喜歡畫一瓶或一罐百事可樂，上面再加個「祝」字。

親愛的媽媽：

祝

您好嗎？我很好，9月1日就開學還要買書真是，

周繼明哥好嗎？我在學校很好，我們有個

同學真討厭他叫Darren，真討厭，真討厭，

有一次他說我可不可以來我們家哥哥說

不行他就和我說「你哥哥說可以來我們

家，我說不可以 放學我和哥哥在看電視

他就來我們家還叫他媽媽回家真可惡

我一直一直一直想騎馬，您現在怎麼樣，

對對對不起很久沒寫信了，我好想要一隻，

小小小狗 我好想回去您那裏……

我們家有11個蛋好多好多明天假如13個哇

太多了太多了我們明天假如13個就有13隻小雞

我很想您對了10月15日是我的生日您可不可以送我生日禮物

坦克車或吉普車都可以或金剛，我很想您。

祝您快樂 身體健康

兒 龍龍

一 下面哥哥說

親愛的媽媽：

您好吧！謝謝您的玩具

繼明哥還傷心嗎？您翻譯

很忙是不是 還有一星期就開學

我在這有很多小朋友玩 也常

去游泳呢？

對了！您買的三部模型

是那幾部 請告訴我好嗎？

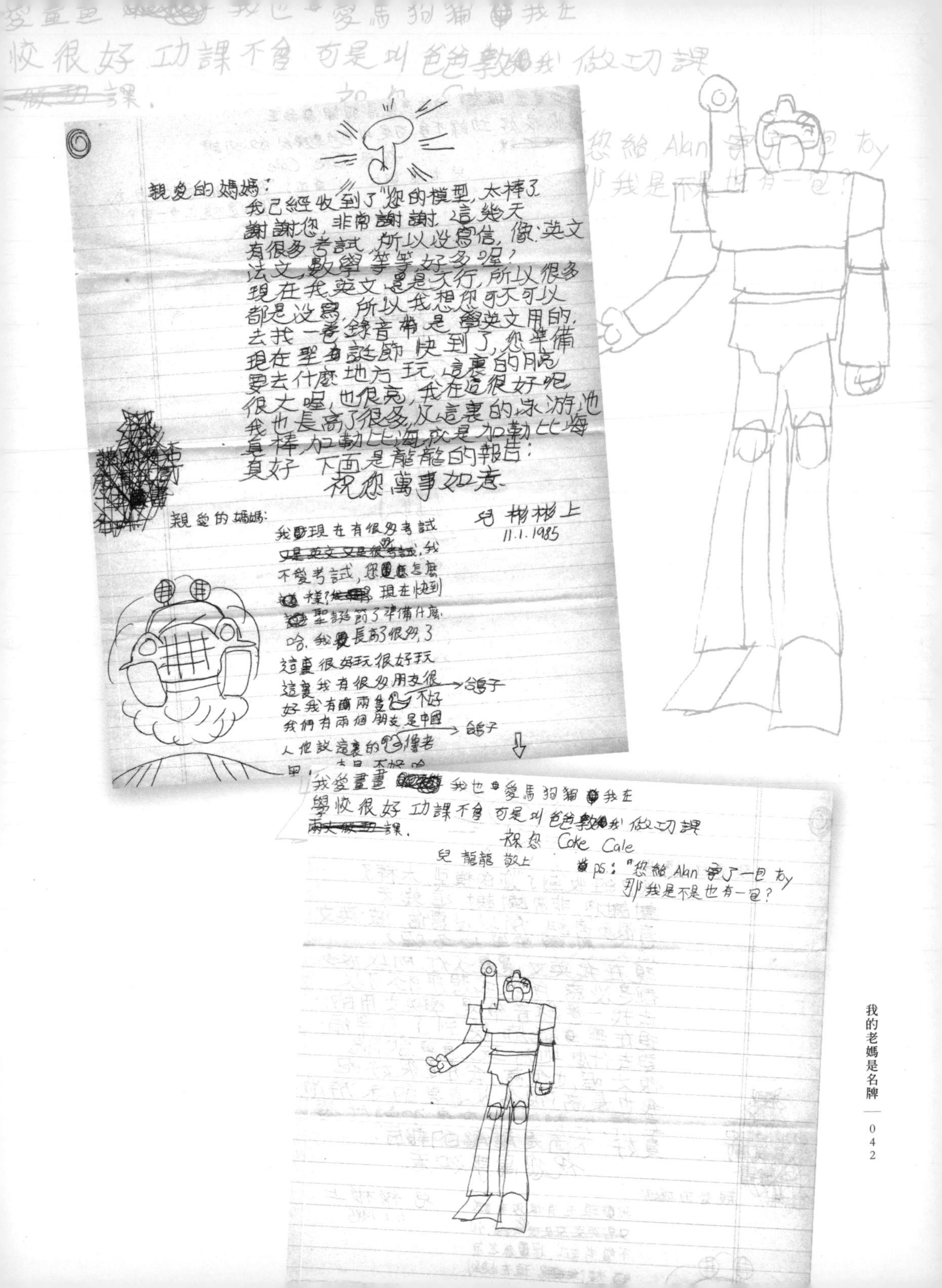

親愛的媽媽：
我已經收到了您的模型，太棒了，
謝謝您，非常謝謝。這幾天
有很多考試，所以沒寫信，像：英文
法文、數學等等好多喔！
現在我英文還是不行，所以很多
都是沒寫，所以我想您可不可以
去找一卷錄音帶，是學英文用的，
現在聖誕節快到了，您準備
要去什麼地方玩，這裏的房
很大喔，也很亮，我在這很好呢
我也長高了很多，又這裏的泳游池
真棒，加勒比海就是加勒比海
真好　下面是龍龍的報告：
祝您萬事如意
兒 彬彬上
11.1.1985

親愛的媽媽：
我現在有很多考試
~~又是英文又是很考試~~，我
不愛考試，您最近怎麼
樣？現在快到
聖誕節了準備什麼
哈，我長高了很多了
這裏很好玩很好玩
這裏我有很多用友很 → 鴿子
好我有兩隻不好
我們有兩個朋友是中國 → 鴿子
人他說這裏的像老
鼠　真是不好哈
我愛畫畫　我也愛馬狗貓　我在
學校很好　功課不會　可是叫爸爸教我做功課
~~兩天做功~~課。
祝您　Coke Cale
兒 龍龍 敬上
ps：「您給 Alan 買了一包 toy
那我是不是也有一包？

親愛的媽媽：我已經收到了您的模型，太棒了，謝謝您，非常謝謝，這幾天有很多考試，所以沒寫信，像英文法文數學等等好多喔？現在我英文還是不行，所以很多都是沒寫，所以我想您可不可以去找一卷錄音帶是學英文用的，現在聖誕節快到了，您準備要去什麼地方玩，這裏的月亮很大喔，也很亮，我在這很好呢，我也長高了很多，及這裏的泳游池真棒，加勒比海就是加勒比海真好下面是龍龍的報告：祝您萬事如意

兒彬彬上11.1.1985

親愛的媽媽：我現在有很多考試，我不愛考試，您怎麼樣？現在快到聖誕節了準備什麼，哈，我長高了很多了這裏很好玩很好玩這裏我有很多朋友很好我有兩隻鴿子（他畫一隻鴿子）不好我們有兩個朋友是中國人他說這裏的鴿子（他畫一隻鴿子）像老黑哈，真是不好哈，我愛畫畫我也愛馬狗貓我在學校很好功課不會可是叫爸爸教我做功課祝您Coke cale

兒龍龍敬上

PS：您給Alan寄了一包toy那我是不是也有一包？

這是少數沒有要玩具的信。

親愛的媽媽

對不起很久沒有寫信，謝謝您的Newton（牛頓雜誌）我現在介紹我們家，我們家有13隻雞，二隻鴿子，還有二隻小貓，那二隻小貓是爸爸撿回來的，現在開學對了還要介紹我們家我和哥哥有三間房間，一間睡，一間玩具房，一間廁所，我哥哥要存錢買天文望遠鏡，媽媽您可不可以幫我們買新目錄，還有戰車是King Tiger German Tank（3046）（4046），Panther German Tank（4023）您們那邊怎麼樣很好嗎？問候XX哥哥好，我很愛Newton，對了您有沒有看見哈雷彗星，有看見可不可以告ㄙㄨˋ我好不好，您可不可以幫我買一種玩具車子或是飛機變成機器人，請買兩個這個玩具是手掌一樣大。

祝您看到哈雷彗星和活到100

兒龍龍敬上1986.1.12

親愛的媽媽

百事可樂

對不起很久沒有寫信，謝謝您的 Newton，我現在介紹我們家，我們家有13隻雞，二隻鴿子，還有二隻小貓，那二隻小貓是爸爸檢回來的，現在開學，對了還有要介紹我們家，我和哥哥有三間房間，一間睡，一間玩具房，一間廁所，我和哥哥要存錢買天文望遠鏡，媽媽您可不可以幫我們買新電腦，還有戰車，是 King TiGer GERMAN TANK (3046)(4046)，PANTheR GERMAN TANK (4023)，您們那邊甚麼樣很好嗎？問候繼明哥哥好，我很愛Newton，對了您有沒有看見哈雷彗星，有看見可不可以告訴我好不好？您可不可以幫我買一種玩具由車子或飛機變成機器人，請買兩個這種玩具是手掌一樣大。

祝您看到哈
雷彗星和活
到100

兒龍龍敬上
1986 1.12.

親愛的媽媽：

我最近都沒有給您寫信因為我現在都很忙因為這我最後一年 Highschool 所以功課也很多。而我最近有可能被選上 Transval 的棒球隊（Transval 是南非的一省，全南非也 4 省）所以我也正在加緊練習。希望您能諒解。我上次看到您的照片出現在中國時報。您最近應該還好吧？但是我這次寫信的主要原因是要問您我還可不可以去姨媽那裏，我從她的信上知道她現在 San Francisco。

我要去的主要因素是因為我假如要上美國大學的話，我一定要考 S.A.T 而且大學會要看我學校成績。而這裏的學校雖好但是這裏有 2 種學校制度，我學的較難的所以我的成績是在 B 與 C 之間。假如我以 foreign student apply 大學那麼我的成績一定要 A 或 B。況且美大學也不會因為南非學校比較難而讓我進。（我這裏的數學程度＝加拿大大學一年級）所以假如我上美大學我一定會適應。

另外一個原因是自從來南非以後，我一直跟繼母搞不好。

。爸爸和繼母的意思是讓我等到七八月的時候在走所九月的時候我可以上 High school（最後一年）因為爸爸說他在今年有可能會被調走（他希望去美國）。所以我假如可以去的話，我差不多那時候去。（希望您能盡快給我回信）

祝 身體健康

P.S 後面

兒 彬彬 上

26/1/91

您上次寄的棒球鞋，我收到了，但是我少了 2 個鞋底的螺絲釘（鞋底 Spikes）所以請您看能不能買的到。

親愛的媽媽：我最近都沒有給您寫信因為我現在都很忙因為這我最後一年High school所以功課也很多。而我最近有可能被選上Hansval的棒球隊（Hansval是南非的一省，全南非也4省）所以我也正在加緊練習。希望您能諒解。我上次看到您的照片出現在中國時報。您最近應該還好吧？但是我這次寫信的主要原因是要問您我還可不可以去姨媽那裏我從她的信上知道她現在San Francisco。

我要去的主要因素是因為我假如要上美國大學的話，我一定要考S.A.T而且大學會要看我學校成績。而這裡的學校雖好，但是這裏有二種學校制度。我學的較難的所以我的成績是在B與C之間。假如我以foreign student apply大學那麼我的成績一定要A或B。況且美大學也不會因為南非學校比較難而讓我進。（我這裏的數學程度＝加拿大大學一年級）所以假如我上美大學我一定會適應。

另外一個原因是自從來南非以後，我一直跟阿姨搞不好。

爸爸和阿姨的意思是讓我等到七八月的時候在走所九月的時候我可以上High school（最後一年）因為爸爸說他在今年有可能會被調走（他希望去美國）。所以我假如可以去的話，我差不多那時候去。（希望您能盡快給回信）

祝身體健康

兒彬彬上26/1/91

擺爛的父親

從加勒比海到南非，我根本不知道他們上學的情形，外交官的子女經常從一個國家遷徙到另一個國家，最後上大學，自然是去美國上，不可能回到台灣升學，一則他們中文不好，二則即使加分也未必可以考上較好的學校，不像今天大學多到考個位數都可以進去。

而且我和他們爸爸簽離婚協議時有約，他負責扶養他們長大成人，負責他們受教育。

誰知一九九一年六月，兄弟兩人各拎一個皮箱便跑到美國去投奔我妹，妹妹自顧且不暇，還未找到一個像樣的工作，哪有餘力照顧他們。

我只好在六月底飛到舊金山，兄弟倆在機場迎接我，兩人都瘦瘦的，艾瑞克雖已十五歲，長得又瘦又矮。

艾倫很絕，一看到我還未說上幾句話，便宣佈他不介入我和爸爸的恩怨。我心裡好氣又好笑，我又不要他選邊站，但他們在我毫無準備的情況下來投奔我，龐大的教育費用誰負責？

艾倫在南非與我通電話時，我請他叫他父親來聽電話，等了有十五分鐘之久，對方硬是不接電話，也不肯說明他到底要如何支付他們的學費和生活費。

換言之，他再次擺爛，把他們扔給我，我好不容易從婚變的傷害中平復，他卻再次不守承諾。我只好寫信給他，我很大方的表示我負責艾瑞克的教育費和生活費，他負責艾倫的，因為艾瑞克讀書時間長，艾倫時間短。他依舊相應不理。最後全部責任是我的，他每月只付一千元美金以及外交部的學費補助。

由於艾倫當初選他父親，他也很清楚我內心有芥蒂，如今他被趕出家門，自然不敢理所當然的向我要錢。

艾瑞克因禍得福回台灣上美國學校，在我的照顧下自然沒有後顧之憂。

做人只能像過河卒子

有一次，妹妹打電話給我說艾倫跟她借錢，因他父親該寄的錢沒寄到，Alan經常處在斷炊的擔心中，妹妹說：「妳希望妳兒子日後精神出狀況呢？還是讓他安心的在美國受教育，讓他有安全感，何必讓他三不五時擔心他父親不寄錢來。」

我聽了很心酸，何必因他當初不選我而懷恨在心，他當初若真選我，我帶著他們兄弟，他們當然會正常的成長，但我也不可能成為婦運健將，人生的得失很難說。

自此後，我除每學期滙一筆錢讓他沒有後顧之憂外，寒暑假一定到美國去照顧他，有時還帶艾瑞克一起去。

但當我知道他父親自己過著吃香喝辣的日子，到處旅遊，一回台灣述職，便去知名風景區住五星級旅館，我內心自然火冒三丈。從我在外交部服務的學生口中知道外交官已不像當年我們在美國時待遇那麼差，而是相當高，我更是火大。

我每天縮衣節食的過日子，為的是支付龐大的教育費，還得奉養父母，他們在信上還問我去哪過聖誕節，他們不知道我一年內兩百多場演講，寫書、教書、上街頭遊行示威，上電視舌戰群倫，為婦女爭權益。每天回家已累得像條狗，只有倒頭便睡的份，我更不可能去加勒比海看他們，一則不想介入他們的生活，二則我得省錢，因為家累甚重。

Alan卻認為我沒品味，不知穿好、吃好、住好，我自然會跟他起衝突。艾瑞克更是懵懂，他讀書是為爽的，直到大學畢業，還搞不清狀況，不知為自己的前途打算。

他在美國不懂累積自己的資歷，不容易找工作只好回台灣工作，他在台灣因無身分又無工作證，便以依親方式打工，生活過得一塌糊塗，我火大之下，要他回美國，借住妹妹處，他除了在家附近的星巴克打工外，不肯多找工打賺錢，妹妹只好請我赴美把他帶回台灣。

我看他生活散漫，不肯跟我好好談他要如何安排自己的前程，便火大跟他大吵一頓。在吵架中，我才發現他怨怪我在他讀書期間，從未去美國看過他，他的畢業典禮我也沒去，換言之，我根本不關心他。

我氣得破口大罵說他畢業典禮在六月初，我們學校還沒放暑假，我如何能去？我為了他們龐大的教育費以及負擔父母的生活費已快被壓得喘不過氣來，我哪有閒錢閒空去看他！

但我罵完後看到他孤獨的身影便哭了，他自小與我分開，內心中一直想媽媽，每次寫信來也都是寫他好想我，他回台灣讀美國學校時，又因程度太差，所有課餘的時間都在補習，而我忙著推動婦運，忙著賺錢，母子相處時間甚少。

他雖是美國人，但從兩歲不到便在不同的國家生活，即便回美國唸大學，也沒人給他指導，教他如何在美國生存下去，我怎能期望他在美國立足。他並不想浪費他的人生在打工上，他希望能發揮他的藝術才情，但這需要時間，更需要有人無怨無悔的支持他，除了我，誰會扮演這個角色呢？

我很謝謝妹妹照顧他一整年，所以在二〇〇三年元月份帶他回台灣，支持他們兄弟創業。

我退休後住山上，除了在金錢和精神上支持他們外，甚少干涉他們的事。當然我財力有限，也不可能無限支持他們，我只能告訴他們，即便他們失敗，我不會怨怪他們，我知道他們已盡了力，選擇幹這行畢竟是要勇氣十足的。

我也以自身經驗告訴他們，人生永遠有困境，做人只能像過河卒子，奮勇走下去，沒有退路可言，但至少我們母子可以互相扶持，相濡以沫。

憶亡友

當兒子們要去加勒比海的前一年，我的大學好友L有天晚上打電話給我，她問我過得好不好，我告訴她我已漸入佳境。

我很清楚記得那晚，我在慘澹的日光燈下譯書，屋內黑漆漆的，我的影子映照在書桌旁斑白的牆壁上。她告訴我她在舊金山找到工作，所以離開住費城的丈夫孩子，她打算在舊金山工作一年，有了工作資歷，才回費城去，那時較好找工作。

誰知她一直感冒不好，最後檢查出是肺癌末期，她和先生都不抽煙，對她而言真是青天霹靂，她只好辭職回費城，不過大半年便過世了。

她死前寄了一封明信片給我，字跡潦草，我只認得幾個字，大意是她才三十七歲，她好不甘心這麼快便離開人世。

我接信後內心酸楚，回想起在美第四年，公婆自台灣來看我們，順便要我送他們去溫哥華女兒處，我帶著艾倫兄弟倆去溫哥華，回程到舊金山，L夫婦招待我們母子，還照了許多照片。

由於那時經濟拮据，所以回程買的是夜間機票，價格比白天便宜一半。L夫婦在晚飯時刻把我們母子送到機場，因他們還要趕回沙加緬度。

於是我們母子三人從晚上六點多一直到十二點都待在機場。Alan一直問我為何等這麼晚還不上飛機，我怎好告訴他為省錢，所以要搭夜間班機？

等待時我想上廁所，Alan不肯待在廁所外面，硬要跟我進女廁，我因揹著艾瑞克，又要脫褲子十分不方便，再加上隨身行李，還有L買的燒鴨，要我帶回去給艾倫爸爸吃，搞得我十分狼狽。

艾倫見我遲遲沒出來，又不知我在哪一間，便趴下去，從門縫中向裡張望，所幸老外婦女都很有愛心，知道孩子害怕，也沒斥責他，我聽到艾倫在門外喊著：「媽媽！」只好開門讓他進來。

母子三人擠在一間廁所，外帶行李，最後我終於小完便，也讓艾倫小便。母子三人再回到候機室。艾倫看著落地窗外一片漆黑，緊挨著我不斷說他要找爸爸，我只好哄他。

母子三人終於上機了，清晨五點到堪薩市機場，卻不見他父親來接機，又等了大半小時，才見他姍姍來遲。

這一趟夜間航行雖然辛苦，卻是我們母子三人難得一次相依為命的時刻。其後去柏林參加影展，一路上三人同房，也是母子少有的親密時刻。

外遇事件爆發後，我才發見我省吃儉用的結果讓對方有餘錢餘力搞外遇。為省百元的機票費，母子三人在機場窩了將近六小時，真是不值得，但那一件事卻讓我印象深刻。

這幾年他們做得很辛苦，每次母子三人相聚，當年在舊金山機場那種相依為命的感覺又上心頭。

L過世已二十五年了，她的子女也已長大成人了。比起她來，我雖與兒子們一直聚少離多，但至少看到他們長大成人，也給他們受了好教育。

雖然他們一直在苦撐待變，母子三人三不五時還可以相聚吃頓飯，我只希望我堅苦奮鬥的過程能給他們一些鼓舞的力量，讓他們能一一克服現實的困境。

兒子！你是從海王星來的嗎？

備受折磨的親子關係

母親在世時，我常看著她，心想：我怎麼會是她生的，我真的是她肚皮裡生出來的嗎？

因為母女個性差太遠，也處不來，我不記得我們母女曾有過促膝長談之時，當然，因她是精神分裂症的患者，致使我們從無對話的可能。

她有我這種女兒也算不幸，因我個性太強悍，我看不順眼她的懦弱無能。我有她這種母親也很辛苦，特別是在我遭遇婚變時，她不僅不能像一般母親給我精神安慰或任何實質幫助，反而更加瘋癲，讓我焦頭爛額，窮於應付。

她死之前，難得不用氧氣罩，定定地看著我和弟弟，由於她入院前已不能言語，在醫院與死神拔河了一個多月，竟然好轉過來，我不知道這叫迴光返照，以為她又像過去幾次，急救後會好起來。

弟弟突然對她說：「老娘！這一世我做妳兒子很辛苦，妳當我老娘也當得很辛苦，我們就此了結，來生不要再結緣了。」

我聽了說：「這話該我說，你跟著她雖受罪，但我這個老大更倒楣。」我隨之對母親說：「這一世做母女，妳辛苦我受累，到此為止吧！來生別再結緣了。」

做了一世的母女、母子，竟然使我和弟弟都不想再與她結緣，十分可悲。如果她能言語，她一定會說同樣的話，因為我們一直忤逆她，對她十分不耐煩，恨她沒本事，恨她改嫁，恨她把生活過得一塌糊塗，恨她瘋癲。

她自有滿腹委屈，父親棄她與我們不顧，外祖父因家道中落又沒本事，只好讓如花似玉的女兒嫁老男人來改善家計。

母親心裡比誰都明白她父母是在賣女兒，父親得了便宜還嫌棄外公、外婆沒出息。

她雖聰慧過人，奈何生在窮寒人家，未能受好教育。我回西安時，姨媽告訴我，母親在校時成績名列前茅，只可惜十六歲便嫁給大她將近四十歲的老男人，對方半年後死在戰場，再嫁比她大二十歲的父親，成為施家傳宗接代的工具。

她未受好教育，沒有一技之長，加上精神疾病，如何能跳脫悲哀的人生呢？

我們三姐弟有誰曾設身處地為她想一想呢？我們無法將怒氣發在缺席的父親身上，卻拿她當出氣筒。

想來她也不願再與我們這種混帳子女結緣吧！

母女、母子一場，雙方備受折磨，活得如此辛酸，怎不令人欷歔呢？

和母親類似的命運

母親過世時，繼父哭得十分傷心，我卻一滴眼淚也掉不下來，只有如釋重負之感。

不料我跟兒子們的關係也好不到哪去，也許老天跟我開玩笑吧！所有母親的經歷，我都一一經歷過。

她被丈夫拋棄，一個人帶著三個幼子，在舉目無親的台灣，上無片瓦下無寸土，過著貧困已極的生活。

她與繼父終日吵鬧不已，真應了「貧賤夫妻百事哀」的話。

她原以為改嫁有男人靠，誰知繼父比她還無能，心中的怨恨可知。

她怨自己嫁錯人，我們怨她把生活過得一塌糊塗，致使整個家庭像隨時會爆炸的壓力鍋。

誰知自恃聰明過人、本事過人的我，照樣遭遇婚變的命運。離婚時，對方答應我要好好照顧孩子直到成年，卻不守信用，半途把孩子扔回來。

要扔孩子也該打聲招呼，他卻是一句話沒有。艾倫與阿姨發生衝突後，他要艾倫打電話到美國給妹妹，因為他要保全自己的婚姻，所以請兒子走人。

艾倫和艾瑞克一談到過去的事便說他們記不得了，我認為他們是刻意遺忘，或是不願把矛頭指向他們的父親。我很小心眼，認為他們袒護父親，故意跟我作對，其實他們只是心存仁厚。

艾倫有好幾次為此事跟我起衝突，他認為我太強勢，非要他們站在我的觀點看我和他父親的恩怨情仇。

我就是名牌

有次，我與蕭颯和他一起談他如何處理他的感情問題，不知如何，又提起他父親不負責任之事。

我告訴蕭颯我陪他們兄弟去柏林參加影展，在瑞士轉機，順道去少女峰，我們在少女峰下的小鎮英特拉肯一家拜倫住過的小旅館住。

晚間在小鎮散步，突見一座五星級的豪華旅館，艾倫告訴我，他父親和阿姨遊少女峰時便住這座旅館。

我不以為然道：「他們有錢住豪華旅館，沒錢供你們讀書。」

艾倫卻說他們有品味，所以很講究吃、住，不像我沒什麼品味，專揀地攤貨。

我勃然大怒說：「住豪華旅館、吃一流館子、穿名牌誰不會？我省吃儉用不代表我沒品味，而是為了供你們唸書。」

他們被趕出家門到舊金山後，有次我們母子在市區聯合廣場附近逛街，艾倫看我一身打扮問我為何不穿名牌，他阿姨都穿名牌。

我內心好氣又好笑，孩子被教育成如此愛慕虛榮，若跟他來個道德勸說，他絕不吃這套，反而母子衝突更大。

我只好冷冷說：「這裡是美國，你們回台灣便知道，我本身便是名牌了，何需穿名牌。」

從那以後，有好幾次，艾倫在言談中不經意表現出我是個沒品味的老娘，不愛裝飾，不懂人生享受，不像他父親和阿姨。

一切皆是虛空

我承認我不重視物質享受，因我重視的是精神的愉悅，一味講物質享受會讓人活得更快樂嗎？

人年輕時，總以為有錢、有名、有地位、有愛情，便擁有幸福；到老時，才體會一切皆是虛空的，包括親情在內。

但我不想跟他辯論，因為有朝一日他自會經驗這一切皆是空的，《聖經傳道書》所羅門王說：「空虛，空虛，人生空虛，一切都是空虛。人在太陽底下終生操作勞碌，究竟有什麼益處？一代過去，一代又來，世界老是一樣……萬事令人厭倦，無法盡述，眼看，看不飽；耳聽，聽不足；發生過的事還要發生，做過的還要再做，日光之下無新事，有哪件事人能說：『看吧！這是新的。』不可能！在我們出生以前早已經有了。往昔的事沒有人追念，今後發生的事也沒有人記住。」

所羅門王擁有一切，智慧、愛情、財富、權位、盛名，他仍覺得這一切是虛空的。

也許他認為反正我不講享受，我花近十倍於他父親當初給的贍養費來收拾他們這兩個爛攤子也沒差，反正我不會把錢用在自己身上，用在他們身上又何妨？

艾倫認為我對他們父親怨氣甚重，我告訴他，感情的事不能勉強，合則來不合則去，我早已不怨對方，但我氣的是他不守承諾，既不好好帶孩子，給他們應有的教育，最後又丟還給我，丟還給我時，正值我母親中風癱瘓在床，讓我遭受龐大的壓力。

我並不以為現在是我們母子對話的好時機，我認為直到有一天他們自己結婚，離婚後再來與我對話，也許我們可以講到一起。

艾倫認為我有痛恨男人的問題，因為跟我有親密關係的男人，從父親、繼父到前夫都是不負責任、懦弱無能之輩。

我確實痛恨不負責任的人，但不限男人，他們看我一直單身，便認為我痛恨男人，但他們不明白人生有遇不遇的問題。

有如鴻溝的隔閡

母親為生活所迫嫁了她不愛的男人，結果一輩子活得痛苦，偏這個男人又挑不了多少重擔，使她覺得改嫁是她一生最錯的抉擇。

她的例子在前，我受過良好教育，經濟獨立，生命中永遠有新奇的事等我去探究，我自不會為了寂寞無聊，抱著沒魚蝦也好的心態勉強找伴。

他們兄弟應該偷笑了，我從未因感情沒寄託而依賴他們，找他們麻煩。有多少女人因離婚喪偶，把感情寄託在兒女身上，讓兒女承受莫名的壓力，我未再婚，不代表我痛恨男人。

由於我跟妹妹小學時是在孤兒院度過，回到家中，與弟弟相較，自然與母親有隔閡。終其一生，這個隔閡有如鴻溝，難以跨越。

我跟我的兒子們隔閡更深，自婚變後，我們母子便未住一起，他們跟奶奶生活。其後他們到國外，艾倫在大學畢業工作一年後回台灣，我們母子從未共同生活過。艾瑞克高中四年與我同住，但我因忙於婦女運動，忙著賺錢養他們及父母，雖在一個屋簷下過活，卻沒多少時間相聚。

再加上他們在國外長大，母子之間更有文化、價值觀的隔閡，一如我跟母親的關係，我們甚少有促膝長談的時候，不似我與幾個與我情同母子的學生們，我們師生一聊便是好幾小時，甚至不需太多的言語，自有一種不足為人道的親密感，我從不覺得他們不是我生的，便有一種見外之感，他們反而像是我生的。我當然知道與外人相處易，因為對對方要求不多，沒那麼多恩怨情仇；與家人相處難，因為不是冤家不聚頭。

這也是我對艾倫的父親憤怒的另一個原因，因為他剝奪了我參與兒子們成長的過程，他更未因我的缺席好好教育、養育他們。

在艾倫兄弟與父親共同生活的七年中，他從未與他們兄弟好好說過一次話，艾倫在加勒比海時喜歡打棒球，他也從未像其他父親，為增進父子感情到場捧場。艾瑞克曾說過，父親對他而言是個陌生人。

他們跟我一樣有個自私自利、不負責任的父親，但他們卻未跟我同仇敵愾的痛恨他們的父親。

原因是他們並未因離開他們父親而遭受困頓的生活，反而因離開那個家而走上正途，不再渾渾噩噩過日子，知道好好唸書上進，不似我因父親拋棄我們而陷入悲慘的生活。

也許「哀莫大於心死」，他們比我聰明，知道父親不可期待，對他沒有任何寄望，自然也無怨。

不似我母親從小給我們灌輸父親如何英勇偉大，四十年後父女重逢，才發現他是個毫不顧念親情、自私自利的人。

我對父親有期待，自然會有怨，他們自小與父親共同生活，看清他不可期待。艾倫也承認因有我出面負責，不但未使他們流離失所，還受了良好教育，自然怨恨不多。

更重要的是他這一代父母離異者比比皆是，他們同輩的離婚結婚有如家常便飯，離婚不再是丟臉的事，只是一種生活的選擇，不似我那一代，離婚對女人而言是奇恥大辱，看得十分嚴重。

我不客氣對他們兄弟說，他們父親沉默，不代表他有理，他很聰明的保持沉默，讓人以為他很有風度，只有我情緒化，歇斯底里，怨氣沖天。

我跟母親遭遇一樣，我們是負責的一方，卻遭受子女的埋怨數落，母親在黃泉下若有知一定會開心的說，妳總算領教過我受的一切。

艾倫還說他敢直言不諱，是因為他能與我溝通，他與他父親根本無法溝通，他要說什麼呢？

這使我想起那個薄情寡義的胡蘭成，對張愛玲也說過同樣的話，就因為我們兩個親，所以我才敢傷害妳。

換言之，誰負責誰倒楣。

不過，我也不想生他們的氣，反正他們日後也會為人父、為人夫，有他們受的！一如我今天的下場，不正是當年母親的寫照嗎？

從海王星來的兒子

我常看他們，心裡納悶，他們是我生的嗎？我在他們身上找不到半點與我相似之處，對我而言，艾倫有如海王星來的，艾瑞克更是冥王星來的，（他提醒我，天文界已不把冥王星當成太陽的行星了。）因為他很少表達他的感情，我跟艾倫還會爭執，我跟艾瑞克連爭執也爭執不起來，我從來不知道他內心想什麼。

艾倫小時候是爸爸和奶奶的寶貝，艾瑞克卻是姥姥不疼舅舅不愛的小孩，他在兩歲不到失去母親，父親從未正眼看過他，他奶奶待他極差。

二〇〇八年年初，艾倫去溫哥華探望奶奶，奶奶已高齡九十四，她對艾倫說她當年不該對艾瑞克那麼不耐煩，因為艾瑞克太愛哭了。

艾瑞克自小黏媽媽，在他不解人事時，媽媽突然從他生活中消逝，他當然會哭鬧，他被送進幼稚園，在幼稚園中午睡起來哭著要媽媽。

他上小學後，因老師待他好，他問老師可不可以做他媽媽。

我聽了十分辛酸，但我被他們父親三振出局，我忙著工作賺錢，應付發瘋的老娘都來不及，如何有心情餘力照顧他們。

他在美國唸大學時，甚少打電話回來，也從未寫過一封信，如果打電話回來便是要錢。直到他寫了一篇自述，妹妹看了很感動，寄給我看，我才知道他是怎麼看待我這個老娘的。

也因這篇自述，我寫了一本《兒子看招》，記述他們來投奔我後的事情。

我常覺得，我對他們而言，不過是個提款機。

他們過慣自由自在的日子，我若對他們的生活習慣有意見，便嫌我嘮叨。他們因創業艱難，長期飲食無定，睡眠不足，身體出狀況，我要他們早睡早起、戒煙，他們當成耳邊風。

我跟他們溝通無效，也不再多言，母子間更是無話可說。

是嫁兒子不是娶媳婦

彩虹講堂的泰德告訴我，這一世他們兩人是自願來做我兒子的，是嗎？現在流行一種說法：「女兒是父親前世的情人，兒子是母親前世的情人。」佛洛伊德的「戀母情結」是人們耳熟能詳的。但我怎麼也感受不到他們是自願來做我兒子的。

至於兒子是母親前世的情人，我更是懷疑！艾瑞克小時候很黏我，每天睡覺要摟著媽媽。他們要到南非前回台灣，母子有過短暫的相處，艾倫對我一直保持距離，艾瑞克很快克服了陌生感，晚上睡覺時我問他想不想媽媽，他連忙說想，我摟著他，內心十分辛酸。

然而，這種親密感，隨著他長大成人也化為烏有。

我倒覺得我們母子關係像俗語說的：「大仇未報結為夫妻，欠債不還生為父子。」

我們母子三人唯一親密的時刻是艾倫邀我跟他們一起去參加柏林影展，我們為了省錢，一直是母子三人共住一間房。

得獎時，艾倫上台領獎，在鎂光燈下，容光煥發，英俊出眾，令我十分欣慰。

說實話，他們若真是自願來做我兒子，倒是勇氣十足的，一定是吃了熊心豹子膽的，因為我是虎母，他們得十分打拚，才能成為虎子。

我一向顛覆傳統，經常有驚人之舉，而且語不驚人死不休，他們若沒有過人的膽識，會承受莫大的壓力。

不瞭解我的人遠多過瞭解我的。

我不知道他們要如何應付外界異樣的眼光。

說他們沒有一處像我是不公平的，他們跟我一樣是個務實的理想主義者，這幾年，他們飽受創業的壓力，還看不到前景，但他們苦撐待變。

他們一直覺得我是個強勢的母親，但他們有所不知，強弱是相對，有一天他們成功了，成熟了，有了更多生命歷練，能青出於藍時，他們自不會覺得我強勢。一如我的學生兒子們，在他們成家立業，有所成就時，從不覺得我是個強勢的老師，只覺得我是個「發憤忘食、不知老之將至」的老師，師生相得益彰。

艾倫出生時，他父親就有外遇，我進醫院待產，根本找不到他人，最後還是艾倫的叔叔找到他。

我們交往時間太短，根本不認識對方便結婚。艾倫沒說錯，我與其怨怪他，不如怪自己嫁錯人，我若不急於擺脫那個爛七八糟的家庭，也不會從一個火坑跳到另一個火坑。

我和他父親是風牛馬不相及的人，不論個性、能力、道德觀、價值觀都是南轅北轍。

又有何好怨的呢？他也算倒楣碰上我，搞外遇的男人比比皆是，即便自民國十九年民法親屬編制定一夫一妻的婚姻制度，但有多少人能守著一夫一妻的婚姻？未料他前妻成了婦解份子，還著書立說，大談婚變，讓他承受罵名，他也不過如成龍說的，犯了所有男人都會犯的錯。

有婚姻制度便有外遇，如同聖人不息大盜不止，捨了婚姻制度，何來外遇？

古人沒有選擇的權利，人人都得被婚姻制度收編，因為要傳宗接代。

如今是民主時代，結婚、單身都是一種選擇，世界上已人滿為患了，「不孝有三，無後為大」的觀念值得商榷。

所以我對艾倫兄弟說：「要結婚便不要搞外遇，否則不要結，維持單身好聚好散。離婚是勞民傷財之事。」

我還半開玩笑說：「他們若要結婚，我一定會跟女方家長表明，我們不是娶媳婦，而是嫁兒子。他們生的小孩最好從母姓，離婚子女歸女方，我絕不替他們帶孩子，他們離婚，我不會像艾倫的奶奶那樣出面收爛攤子，因受夠教訓。」

也因我醜話說在前，艾倫兄弟認為我干涉他們的感情，不看好他們的關係。

我其實只是一再提醒他們，婚姻不是兒戲，婚姻不是靠愛情來維繫，是靠道德和責任。

要想結婚享受安定感，便得付出代價。

我只是不希望他們像他父親和我一樣沒考慮清楚自己要什麼，只因「男大當婚，女大當嫁」觀念，為結婚而結婚。

但他們卻認為我在詛咒他們。

說實話，在生活、工作壓力甚大的情況下，現代人的婚姻如何維繫？大多夫妻不過是住在一個屋簷下的室友，生兒育女不僅維繫不了婚姻，兒女往往是婚姻的殺手，因為龐大的教養費用會壓得人透不過氣來。

我很抱歉自己扮演烏鴉的角色，專撿人們不愛聽的講，破壞了他們對愛情與婚姻的憧憬。

我該讓他們自己去體驗，但我擔心一旦他們搞不好，我會遭池魚之殃，自然得先表明態度。

責任與付出

我已年過一甲子，坎坷的人生並不影響我浪漫的天性，否則也不會投入婦女運動。

我也很清楚功名利祿都不能填補人的空虛心靈，愛情固然也是鏡花水月，但它可以激發人的創造力，可以使懦弱者變勇敢，可以使人化小愛為大愛。

人生是滿腹心酸，「若得一心人，白頭不相離。」（引自卓文君的〈白頭吟〉）大家攜手共度一生，互相扶持，感情有寄託，人生才會變得有意義。

我自然希望我的兒子們會遇見能與他們共度一生的伴侶。但他們得學習付出，若以花蝴蝶姿態遊戲人間，表面上熱熱鬧鬧，多彩多姿，到頭來終不免寂寞淒涼。

愛情不只是浪漫而已，還有責任與付出，高唱愛情至上的人，一提到責任與道德，會覺得這是老八股，聽不進去。

外人眼中我是前衛的婦解份子，前衛不代表胡為亂作。我是自律甚嚴的人，我不希望別人傷害我，自然不去傷害人，情是最傷人，處理不好，傷人傷己一輩子，成了寃家，令人遺憾。

但我也得學習任由兒子們自己去碰得頭破血流，盡量不去干預。

艾瑞克是打落牙齒和血吞型的人，他受了傷害，對對方一句怨言也沒有，橫豎不過是這麼一回事吧！分手後仍維持朋友關係。

我告訴他，如果他有怨氣，可以跟我抱怨，但千萬別到處找人訴苦。

因為她不選擇你，那是她的決定，與你有無價值，好壞無關，只能說是無緣。她有她的姻緣，你有你的姻緣，你們不過是偶然相遇陪對方走一段，緣盡自然分手。

你應該謝謝對方給你這段人生歷練，而非當成對方的背叛。

我當年婚變之所以痛苦、憤怒，是我不智的把自己當成被評鑑者，他父親是評鑑者，而我以他父親的評鑑標準來看待自己，以為自己一無是處，所以見棄。

直到我碰見一位好算命師，他一看我八字便說：「施小姐，妳日後成就十倍於妳先生還不止，因此你們兩人在人生的路途上不可能走下去，他要先下車，妳不必難過，就讓他下車，自己單飛吧！」

他一語提醒了我，對方背叛妳，不代表妳不好，搞不好是妳太好，他自知配不上，先說再見。

當然何謂好，每人的標準不一樣。何謂成就？有人也許喜歡守著一個家，做個平凡的人，於願已足。有人不甘於平凡，希望能成大功立大業。

佛家說：「萬法惟心造」，我們的心念成就我們的一生。

從世人眼光看，我確實成就超過他們父親甚多，但那也不過是一種選擇吧！他只是選擇平淡過一生，不似我的人生大起大落。

一個人的巧克力是另一個人的毒藥。

世事無常，沒有什麼叫「永恆」的東西，更沒有天長地久的愛情，人只能學著為自己的選擇負責。

誠如艾倫說的，我得為自己錯誤的選擇負責，他既會搞外遇在前，又怎會負責任在後？

何況在婚姻中，我們從未就是否要子女而溝通過，完全是我片面決定，而他只是被動接受。

他一定認為他又沒要生小孩，都是我要生，我自然要負責。既是如此，我又何必怨恨對方呢？何況我已收拾了爛攤子，心力、時間、金錢也花了，再來抱怨不已，真是何苦來哉。

對方本來便不值得期待，我偏無明的期待對方，一次教訓還不夠，竟然還要受第二次教訓，該怪對方還是自己？我內心怨恨不平，對方也不會少塊肉，他自過他的逍遙日子，我何苦一個人生悶氣，看來我的兒子們比我聰明多了，無怪乎他們認為我怨氣沖天是件無聊的事。

一切無常，何必有怨

我自退休鄉居後，更經歷一生最奇特的事，就是與神鬼打交道，我的學生們因認同我的理念，為我架設一個「第七類接觸」（www.007contact.com）的網站。

我本對靈異、神鬼、宗教抱持「敬鬼神而遠之」的態度，而且我並不欣賞因果輪迴之說，認為那是貪生怕死之人的妄想。

也許是聖者的神道設教，對那些惡性重大的人而言，法律道德都制裁不了他們，只有因果輪迴能使他們心生畏懼。

但我自己經歷了許多不可思議的事後，我發現人絕不是只有這生。即便是從科學的角度來看，物理學上的物質不滅定律，質能互換的結果，所有的物質都是由原子組成，在物質毀壞後，這原子仍散佈在宇宙中，它們是不滅，只是轉換成能量而已。

至於這些能量是宗教所謂的靈魂、神識嗎？不得而知，人的意識也應是一種能量，人在肉體腐爛後，意識自然也會以能量的形式存在。沒有科學家可以回答這些問題。美國哈佛大學的美女物理學家麗莎．蘭道（《時間簡史》作者史帝芬．霍金說他當讓位於她，可見對她的推崇。）揚言只要大強子對撞機可以啟用，她可證明有四度以上的空間。

也許今日我們以為是迷信或不可知者，日後自會真相大白。

中國才子型的文人如紀曉嵐、袁枚、蒲松齡等在儒家道統下，依然大談特談神鬼，專與儒家唱反調，而他們有關鬼神的論述，到今日觀之，依然有許多精闢的論點，特別是紀曉嵐，無怪乎乾隆要他主持編四庫全書。

宋明理學家朱熹、周敦頤、邵雍等人也對算命、堪輿術有專研。

這在在說明人對死後生前的世界充滿好奇。

如今科技如何昌明，也無法斬釘截鐵的告訴我們人從哪裡來，人往哪裡去，宇宙生成的理論，不管是上帝說或爆炸說全是假設。

在此前提下，什麼又是迷信呢？是相信上帝說，還是相信爆炸說？

我探究神鬼，一則是因我的奇遇，二則是我已進入晚年，死亡就在眼前，自然會對生前死後的世界感興趣。

更重要的是探究這些事讓我學習到以開放謙虛的態度來面對一切我不理解的領域，而非動輒認為別人是迷信，而自己是理性的。

就我一連串的奇遇，如今我知道有因果輪迴（心路歷程的轉變請看我的網站）。

很多人問我因果輪迴的目的，難道就只是獎善懲惡嗎？

我以為一要學習獨立，二要學習負責，三要學習愛人。

我很慶幸自己在進入晚年後，有此開悟，孔子說：「朝聞道，夕死可也。」

我既知人生的功課是獨立、負責、愛人，我只要檢視自己是否做到而無愧於心就好了，又何必管別人是否做到呢？

反正人不只一世，生生世世輾轉於生死之間，不過是學會這三樣，學不會就再來過而已。沒有什麼超人的力量在主宰因果輪迴，一切唯心識所幻化，一切皆自作自受。

既了知一切無常，要以平等心看待一切，又何必有怨呢？

若人這生是累世輪迴而來的，搞不好他們兩人輪迴的經驗比我還豐富，每個人都是老靈魂，帶了累世輪迴的記憶和詮釋世事的系統。

他們自會用他們的系統去詮釋，我又何必強迫他們要與我共進退呢？

不遠萬里光年來結緣

我不能說我跟艾倫之間沒有親密的接觸，我還記得他大約三歲時，我們有次逛堪薩斯市的購物中心，中心有溜冰場，場中有很多人在溜冰，我抱著艾倫，他像無尾熊一樣，緊緊摟著我，母子相擁，可以感到對方的心跳，那一刻我感到我們母子有種前所未有的親密感，那是一種難以言喻的感覺，他在我懷中顯得很安心，直到他看到他爸爸過來，才從我懷中跑下去奔向他父親。

未料這是我們母子唯一最親密的時刻，自此後，我們再也未有如此親密的時刻。

他大學畢業回國後，我有次與一位同事一起喝咖啡，他也在座。我和同事都有坎坷的身世，她感嘆說：「我們對我們的父母有很多抱怨，不知道我們的子女如何看我們，他們日後是否也會抱怨我們？」

艾倫在一旁說：「我覺得做我媽的兒子還不錯，我是不會有抱怨的，怎麼會呢？」

我有點受寵若驚，我深受父親不負責、母親有病無能之害，自不希望我的兒子們受我之害，終生活得不開心。

一位老友告訴我，他女兒過四歲生日吹蠟燭時，臉上的表情似乎是放了一個大心，慶幸自己未投錯人家。

他不知他為何會有這種感覺，但他覺得很欣慰，至少在女兒眼中，他和妻子是值得女兒信賴的好父母。

做父母的最該提供給子女的是一種信賴感，我也許不是個完美的母親，我也不相信有所謂完美父母，但對我的兒子們而言，我至少是個言而有信的人。

我很少對他們說我愛他們，但我對他們負責到底。

如今艾倫已過了我經歷婚變的年紀，艾瑞克也到了我婚變的年紀，他們皆是三十而立之人，我的責任早已了，以下是他們自己的人生，成功失敗、悲歡離合皆要他們自己去體驗，這也是他們投胎轉世的目的，我又何必置喙呢？

我應以一個旁觀者的立場給他們最大的自由，最深的祝福，以成就我們這世的良緣。

在捷運站看過一個廣告，一位父親抱著寧馨兒說：「貝比！謝謝你來做我的寶貝。」

我當時覺得這個廣告十分矯情，如今深有所感，不管兒子們是遠從海王星或冥王星來的，他們不遠萬里光年來做我兒子，可見緣分之深，也可見他們是如何信賴我，我也要矯情的說：「兒子們！謝謝你們來做我的寶貝。這是對我最大的恭維。」

家庭會傷人

為寫這本書，母子三人有許多爭執，第一是要不要寫？非要揭這些瘡疤嗎？第二是除我們三個當事人外，自然還有其他有關的人，即便我們措辭再保留，仍會殃及這些人，這無異是在傷口上撒鹽，也是兒子們最大的顧忌。第三是我們各自站在自己的角度去詮釋事情，每個人都覺得自己是受害人，立場不同，觀點各異，衝突難免。

寫到一半，我和艾倫搞得十分不愉快，我認為他對我的指責全是無的放矢；他堅持我是強勢的母親，他們平日是敢怒不敢言，表面尊敬我，心裡頗不以為然，如今終於有機會寫出他們的心聲，他們為何要歌功頌德而不講他們真實的感受。

我本來十分火大，靜下來反省自己，我的氣量未免太狹小，如果他們敢批評我，至少顯示我還是有雅量的。忠言逆耳，我也許真該好好去聽他們說什麼。

我不該期望他們在三十多歲時就有我六十多歲時的看法和體會。這是他們的人生，他們要怎麼走，以怎樣的觀點去處理他們的感情，那是他們的事，縱使結局是遺憾終生，那也是他們要承擔的，我又何必多管閒事呢？

做父母的誰不希望子女少走冤枉路，但少了這些經歷，對他們而言，未必是好的，人生的酸甜苦辣還是要他們自己去嘗，我又何必越俎代庖呢？

看到侯冠群的家庭悲劇更讓我深有所感，一個不負責任的父親，留給家庭中其他成員的傷害有多大，但因他落跑了，其他人互相攻訐，因為他們的傷害無處發洩，只有把矛頭針對留下的成員。

其實，這是真實的家庭故事，父慈子孝、兄友弟恭是理想，也是神話。既然「大仇未報，結為夫妻，欠債不還，生為父子。」「不是寃家不聚頭。」哪個家庭中不是有許多不足為外人道的瘡瘡疤疤呢？

如今生為一家人，除了有這世的恩怨情仇，還有累世的記憶，何不趁寫此書，當成是一個溝通過程？對方若瞭解，能接受自己的觀點和立場固然可喜；萬一不接受，我也應有雅量讓他們發抒他們的觀點。也許有朝一日，他們為人父、為人夫時，自有另一番體會，我又何必揠苗助長呢？

就算他們日後為人夫為人父，他們的觀點與我不同，那也是如人飲水冷暖自知，他們的人生際遇與我不同，自然體會不同。

他們敢直言不諱，表示我還不至於是個暴君。

最後我們母子三人同意不粉飾太平，好讓跟我們有同樣問題的家庭，能從我們的故事中獲得一些啟發，找到解決衝突的辦法，或找到一笑泯恩仇的契機，這也是我們寫此書的另一個目的了。

送行者的啟示

爛人永遠是爛人

艾倫建議艾瑞克陪我看「送行者」這部電影，電影拍得發人深省，特別是在自己暮年後。但我認為此片最大的敗筆是男主角為往生父親進行納棺儀式（即中國人的大斂）時，發現父親手中握著一顆小石頭，那是他六歲時，父親與他在海邊玩時，他撿了送給父親的。

不意就在那次海邊撿石之後，父親與家中的女侍私奔，而且一去不回。男主角一直恨父親無情無義不負責任，所以發現父親死時手握小石頭，表示父親心中還惦記他這個兒子，就在這一剎那間，他對父親的恨化為烏有，因為他知道父親還是愛他的。

畢竟這是電影，誠如艾瑞克說的，電影一定要有happy ending，否則沒人看了。真實的世界很可能是殘酷的，這世上分兩種人，一種是十分自我的，他們忠於自己的感覺，說不好聽是十分自私自利，一切以他們自己的情慾為前提。

他們一向貪歡，為此可以拋妻（夫）棄子，只要自己爽就行，他們很少考慮到責任義務。

另一種人會把責任道德放第一，當然這種人會活得很辛苦，一旦碰見不負責的人，留給他們一堆爛攤子時，他們往往也會怨氣沖天。當然還有更了不起的，他們承擔責任、無怨無悔。

至於自私自利的人，怎可能在他晚年時會對他荒唐不負責任的行徑追悔呢？他們若混得好，人生依舊光鮮亮麗，他們絕不會想起被他們拋棄的家庭。只有在他們困頓潦倒之時，他們才會想到被棄的家人，甚至厚顏的找回來，要求家人收容他們。換言之，他們一生都是擺爛的人，永遠要別人為他們負責，一如送行者的父親。

真實世界中，爛人永遠是爛人，爛人要能幡然悔悟，那真是放下屠刀立地成佛了。

有次我去參加胡瓜主持的「真情相對」節目，那天的來賓全是因配偶賭博、酗酒、吸毒等不良嗜好而離婚的。

來賓中有位心理學家，他說這種成癮的人，只有靠宗教的力量或遭遇一場很大的意外如飛機失事，只有他一人倖存時，他才會改邪歸正。

胡瓜開玩笑說：「也許正好相反，他會認為老天給他留一條命，不賭還待何時，結果賭得更兇。」我說：「宗教沒那麼大的力量，看看那些信教的人，貪嗔癡慢疑比不信的還嚴重。我曾輔導過一個個案，先生因好賭而自願到佛堂去修身養性，結果在佛堂跟另一個女道友搞外遇，搞得全家雞飛狗跳。」

我自己的父親是最好的例子，他死了後還來跟我們死要錢（我寫過一篇文章〈叫父親太沉重〉放在「第七類接觸」網站上）。他一輩子自私自利，從未感念過任何人，他完全不負責任，卻要別人為他負責，有父如此，我又能如何？恨他一輩子？他無明到極點，何必期望他呢？不過是讓自己過得不安生吧！他會因我恨他而少塊肉嗎？所以要放下他。

人生只是戲

我教書時，常在開學時問學生：「你們有人沒父親嗎？」總有幾個學生怯生生的舉起手來，一臉狐疑，不知老師為何有此一問。

我便說：「恭喜你們，賀喜你們，中國歷來偉人都是沒爸爸的，孔子、孟子、岳飛、歐陽修……」

如今我要跟大家說：如果你有混帳父母和配偶時，你要把他們當成是逆境菩薩，因為他們是以他們的混帳行徑來成就你的；如果你的父母太好、太負責，當然你會很幸福，但你對人生的體悟便不會如此深刻了。

人生如戲，而且不只這一世，死亡不過是暫時走下舞台，等著演出下一齣，在你的人生劇碼中，總要有人演反派角色，你得謝謝他們，沒有他們，劇情不會高潮起伏，那還有什麼看頭呢？

但千萬別入戲太深，把恨意和怨氣帶到下一齣戲中，永遠記得這不過是一場戲而已，每位演出者不過是各如其分的演出而已。

我在晚年因靈異之旅對人生有更多的體悟，我認同佛教的「萬法唯心造」，一切的實相是由我們的心念所造。

我們周遭的親人全是應我們之邀來配合演出的，我們也配合他們演出。我們該惜緣，更要記住在下人生舞台前要與他們了緣，讓這齣戲劃下完美句點。所謂的完美，不是大團圓，而是放下一切的恩怨情仇，不再怨恨任何背叛、遺棄、虐待、傷害過我們的人，因為我們已經長大了，長得很健全，他們再也不能傷害我們了。如果到老還怨氣沖天，意謂著自己永遠是易受傷害的小孩，這一世自己永遠沒長大。

若有人被我們傷害，我們更要真心懺悔，跟他們說聲對不起。

向兒子say sorry

我不知我和兒子的前世關係為何，至少這世我是第一次當他們的母親，這個角色沒拿捏得很好，有許多的失誤，因為新手上路，要請他們多多包涵。我也應體諒他們是第一次做我兒子，在女強人的光環下，他們定有許多的掙扎與難處，他們要彰顯他們的自主和獨立是多麼不容易，他們要證明他們有自己的能耐更困難。

我必須面對我是他們的助力，也是他們的阻力，他們若不能在其間找出平衡點，就會一直處在左右為難中。

我有個很弱的母親，母親的弱造就我的剛強。但他們有個很強的母親，相較之下，我的功課比他們容易多了，我怎麼沒從這點去體諒他們呢？我只能給他們我最衷心的祝福，不管他們處在順境或逆境，我希望他們能從我給他們的愛中找到支撐的力量，這也是我能給他們唯一的東西。一如我的母親，她即便在有精神疾病的狀況下，咬著牙，沒放棄我們，把我們扶養成人，我面對人生困境中最大的力量不就是來自她對我的愛嗎？

艾倫沒說錯，這年頭，離婚者比比皆是，與其勉強湊合，不如好聚好散，但在散的過程中以及散了後，要讓孩子不會因此失父少母，父母的愛不會因他們分手而減少。

父母更不該以自己的恩怨情仇困擾孩子們，如果我的兒子們有這樣的感覺，我在此要真誠的跟他們說聲：「對不起。」

ALAN

PART TWO

注定要
學習「離開」

記憶中的畫面是無聲的，老媽當下說過什麼，我一點都記不起來。
我把弟弟拉回身邊走出電梯，然後轉身望著電梯裡的老媽，
老媽眼睛微紅但沒有哭，她強忍著微笑著跟我們揮手道別，
老媽從慢慢合上的電梯門縫中消失後，剩下我們兄弟在昏暗的樓梯間。
當我一面寫著這些回憶，試圖去尋覓小時候的我時，
再一次感受到那種莫名的悸動難過……

——段奕倫——

害怕的感覺

我從小到大就是個常生病的小孩，不是扁桃腺發炎就是發高燒，長大搬去加勒比海後開始常拉肚子，老媽認為我這些症狀都是父母離婚的後遺症。到美國後，她堅持要我找個心理醫師聊聊，證明我是因父母離異而有心理創傷的小孩。

父母親離婚有什麼大不了的！我不就是過得好好嗎？哪來的創傷？但是母命難違，所以心不甘情不願的透過大學的診所找了一個心理醫生。

診所坐落在河邊，環境安靜優雅。第一次門診是在電影裡常見的辦公室進行。室內的裝潢以原木為主，令人感到舒服穩重。醫生的大型辦公桌後方是一大片落地窗，窗外濃蔭蔽天，讓人備感祥和，牆上掛滿著文憑與執照，角落更少不了每個心理醫生必備的躺椅沙發。

經過幾次對談，醫生瞭解我的家庭狀況後，他提議用催眠的方式來治療。腦中馬上浮現的畫面就是魔術師在舞台上把催眠後的觀眾飄浮在半空中，若被催眠了，那我豈不是任由他玩弄擺佈。但我又滿好奇催眠會是怎樣的感覺，所以馬上就答應。我們斷斷續續進行了好幾次催眠，但真讓我印象深刻的只有兩次。

第一次

醫生：「你現在可以閉上眼睛，然後照著我說的來做。」

我：「不需要躺下來嗎？」

醫生：「不用呀！你先花點時間靜下來，放鬆後就可以開始想像你現在是一個人，你會看到小時候的Alan，當你看到他時，跟我說一聲。」

我閉著眼睛，一面聆聽醫生的聲音，一面照著他指示的在腦裡想像畫面。

我閉著眼睛開始冥想但心裡不免存疑：「這就是催眠嗎？怎麼一點都沒有被控制的感覺呀！我很清醒呀！感覺上我隨時要睜開眼睛都可以。那些魔術師不是都把被催眠的人弄得團團轉嗎？」

慢慢的在醫生的帶領下，我開始很專注的去想像自己小時候的樣子。突然看到自己坐在一個黑暗的房間裡。

我：「醫生！我好像到了一個地方。」

醫生：「你知道這是哪裡嗎？」

我：「我不太確定。」

醫生：「那你走近一點看清楚。」

我：「我好像有印象了，這是我父親工作地方的餐廳，是下午時候，餐廳已經打烊，所以只留著一盞微弱的燈。我坐在一個長桌上，好像在做功課還是畫畫。」

醫生：「你為什麼會在那裡呢？」

我：「我好像記得小時候放學後會去父親工作的地方找他，因為他還沒有下班，所以他會帶我到地下室員工餐廳，讓我在那裡等他。」

醫生：「你現在有什麼感覺？」

我：「不是很確定。」

醫生：「你會害怕嗎？」

我：「嗯，會！因為只有我一個人。我現在會感到害怕，是因為整個屋子看起來烏漆抹黑的，好像靈異片裡的場景，而小Alan會三不五時張望，好像在看看有沒有人來。」

突然間恐懼感一湧而上，讓當下的我感到非常不自在。小時候的我應該還沒辦法分辨出這樣的感受，但現在的我看到這樣的情境時，卻深刻的感受到那種莫名的恐懼。

醫生：「還有看到其他東西嗎？」

我：「沒有，畫面就停在這裡了。」

醫生後來又試了幾次，但沒有任何進展。

醫生：「那我們今天先進行到這裡。」

親愛媽媽：

您近來可好。我因為拉肚子所以今天

去上學，這裏很好。在今天的時

我去了聖馬丁。那裏有好多中國人喔！

我在這裏也有壓歲錢，差不多

台幣。在這個

模型

名

拜託，拜託，拜託，拜託，拜託

拜託，拜託，拜託，拜

彬彬兒上

1985.2.2

第二次

醫生：「你現在又看到小時候的你了嗎？」

我：「好像，還在想像中。」

醫生：「慢慢來，先看看你在哪裡？」

我：「說不上來耶！反正周遭都是烏漆抹黑的，等一下！我看到我自己了！我在走路。」

醫生：「走去哪呢？」

我：「我好像在追一個人，一個大人背對著我，我看不清楚他（她）長什麼樣子。」

醫生：「你跑近一點呢？」

我：「還是一樣，影像很模糊，只能說那是個意象而已，不是一個很清楚的影像。」

醫生：「你認為那是誰呢？」

我：「不知道呀！」

醫生：「是男的還是女的？」

我努力的想了想：「好像是媽媽。」

醫生：「她在做什麼？」

我：「沒做什麼，只是在走路。」
醫生：「你叫她！」
我：「她不理我耶。雖然我看不清楚她是誰，但應該是我媽。」
醫生：「叫她呀！」
我（實際上叫出來）：「媽媽！」
但是不管我怎麼叫她，她還是頭也不回的慢慢的遠離我。
突然之間，我又可以感受到小Alan那時的心情，一種在那種年紀無法形容的慌張與難過。腦海中還播放著這段影像時，我發現自己已經在流淚了。
在這個畫面裡，我又看到一個沒人理的小孩。
醫生：「你現在可以張開眼睛了。你覺得怎麼樣呢？」
我還在流淚，但我還是說不出那種感覺。那種夾雜了恐懼、被遺棄甚至被背叛的感覺，很難用三言兩語形容的。
我笑笑：「我也不知道耶！」
醫生笑著說：「我想這次的催眠應該算是滿成功的。」
我出去後心想，這是催眠嗎？好像只是我用想像力創造出的電影情節，剛剛看到的畫面究竟是真實發生過的？還是我自己想像出來的呢？……

遺忘未必不是好事

小時候雖身處大人的戰火中，但我們卻沒有參加過任何戰事，所以對父母親之間的恩怨知道得並不多。大人們每天都忙著在外面打仗，沒多少心力可以放在我們身上，加上年紀小的關係，很多關於小時候的記憶都已經遺忘，不論我用什麼方式都沒辦法再把那些記憶找出來。

在我們兄弟的記憶中，媽媽只能算是個名詞，沒有太多老媽的印象，沒有老媽的聲音，更不會特別去思念什麼是媽媽的味道。

一歲那年，媽媽和我就跟著外交官爸爸去了美國，長大後聽長輩敘述，才知道其實在我出生前，爸爸已經有了外遇。一直到爸爸調回台灣，外遇的事才爆發出來。

弟弟不到兩歲時，老媽就被迫搬離奶奶家。差我三歲在美國出生的弟弟，比我更不記得任何事。幾個長輩共同的回憶都是弟弟小時候很愛哭，每天吵著要媽媽。老媽後來給了我當初用注音符號寫的一封信，我用幼小稚氣歪七扭八的字寫著：媽媽，弟弟很想妳，妳什麼時候會來找我們？

有時候想想，失去記憶或許對於長大後的我是件好事。因為記不起來的事就沒辦法困擾我。

記得老爸說過，我出生後因為長得很可愛，所以全家人都把焦點放在我身上，當時奶奶家養的一隻狗，在我出生後就離家出走，因為沒人再關心牠。到現在，老媽總

覺得對弟弟過意不去，因小時候弟弟長得不起眼，又沒有媽媽在身邊，所以一直得不到大人的關愛。我們兄弟倆在成長過程中雖然吵或打得很兇，現在回想起來，所幸老媽生了弟弟，因為長這麼大了，他是唯一一直都在我身邊的人，我們兩人可說是相依為命的難兄難弟。

當老媽離開我們後，記憶中父親總是早出晚歸，大部分時間是奶奶在照顧我們。奶奶白天在銀行上班，下班後還要負責照料我們，我們年紀小不懂事，常惹她生氣。奶奶是個沒什麼耐心的人，每當弟弟吵著要找媽時，便會被奶奶兇一頓：「你媽媽很壞，你還要找她？」而他越哭，奶奶越是罵他。

弟弟被罵後只好抽抽噎噎，不敢大聲哭出來。

弟弟小時候跟我是形影不離，我做什麼，他就做什麼。他年紀小什麼都不懂，只知道緊跟著我就沒錯。

有一次我們兩兄弟一起洗澡，弟弟調皮的想從澡盆爬上洗手台，結果不小心滑了一跤，整個人掉下來摔到後腦勺，痛得放聲大哭。因為沒大人在，我只能抱著他坐在澡盆裡，一面幫他揉揉傷口一面安慰他，不斷地跟他說：「哥哥在這裡，不用擔心，痛一會兒一下就好了。」

兩個小朋友在澡盆裡赤裸裸的抱在一起，一直到他哭累了才停止，到現在弟弟的後腦勺還有當時留下的疤痕。

安全感第一

小時候大人管不著，下午放學後，書包一丟就跑出去玩，大部分的時候都是在外面玩到天黑才回家。弟弟小時候非常沒安全感，很黏我，喜歡跟在我的屁股後面跑。因為只有我這哥哥可以跟，所以我到哪裡他都要跟去。我沒耐心又不懂得照顧他，想到出去玩還要拖個弟弟不是很麻煩嗎？所以常常威脅他或罵他。弟弟放學後習慣要先上大號，他最擔心的就是我趁他上廁所時把他丟下溜出去。弟弟被我搞得緊張兮兮，為了要跟我一起出去就忍住便意，忍不住了就大便在褲子上，他怕被我罵，不敢吭一聲，帶著滿褲子大便繼續跟著我到處跑。等我發現他又拉在褲子上時，火氣上來就抓著他打罵，小時候根本不懂弟弟心裡的恐懼。

我們兄弟倆各自用不同的方式來表達我們的不安全感。我在父母親離婚後變成霸道又任性的小孩，但其實我是個很敏感的小孩，從小這種敏感會透過生理反應表現出來。小時候慣性扁桃腺發炎其實就是身體對抗壓力的反應，而且透過生病可以得到大人的關注。但長大後，這種向外表達的方式已經不適用，我不可能再用發高燒大聲哇哇叫來引起注意。因此長大後我的身體反應逐漸從發高燒轉換成拉肚子，只要感受到壓力或緊張時，我的肚子就會立刻做出反應來跟我抗議。

在我的成長過程中，分分離離幾乎是家常便飯，似乎命中注定就是要學習「離開」這件事情。小時候因父母離婚與老爸的工作，生活周遭的人永遠都是來來去去，這樣的情節在我的生命中不斷的重複上演，離開母親到加勒比海，接著離開朋友到南非，然後又搬去美國離開了父親。但我並沒有因此對「離開」產生免疫力，每一次的離別都會在心裡留下一道痕跡。

在心理醫生辦公室看到的意象是小時候感受到的痛苦。我無法用文字確切的形容這種感受，更不能指出是哪個事件所造成的，只知道它是在成長過程中一點一點醞釀成形的。雖然父母親並沒有真的棄我不管，但是常態的缺席卻造成內心深處很強烈的不安全感，不安全感又連帶著恐懼、被背叛、失望等等的感受。對於一個孩子而言，成長過程中其實最需要的就是安全感。

到底要不要叫媽

小時候的記憶幾乎是一片空白，連小學的事情都只有模糊的印象，遑論更早的童年。老媽喜歡說這是因為我們不快樂所以選擇性的遺忘。既然遺忘了，小時候過得開不開心，我無從得知。

記得要離開台灣，老媽到學校來接我時，還給全班小朋友上了一堂地理課，她在黑板上畫了一個我們從沒看過的地圖，試圖跟一群小學生解釋段奕倫同學要離開他們去一個叫加勒比海的地方。我想對一群台北市的小學生而言，根本沒人聽得懂她的話吧！連我自己也不知道我要去哪裡，那時候心中只有一個念頭：好棒！去國外唸書可以不用考試耶！聽人家說在國外唸書很輕鬆，沒有一堆功課等著做，也不用穿制服。我從小就痛恨學校，永遠有考不完的試跟做不完的功課，還有一堆的團體活動，跟老爸出國就不必再面對考試升學的壓力。

出國前，老媽帶我們兄弟倆去高雄玩了一趟。現在已記不起來去高雄做了什麼，唯一能勾起回憶的是一張我們母子三人在高雄一家餐廳的合照。照片裡老媽穿著白色洋裝，正值一個女人最美麗的年紀，但是看著照片，只能像外人般猜測老媽當時的心情一定是很捨不得我們。那一趟高雄的母子道別之旅，彷彿不存在我的記憶裡。

老爸結婚那天，老媽帶我們出去吃了一頓牛排。那次的記憶很像零星失焦的電影片段，隱約記得老媽好像一直不斷的叮嚀我要照顧弟弟，出國後要寫信給她等等。那時候的心情找不到確切的文字來形容，只能說有淡淡的感傷但是並不難過，因為這次離開台灣對我的未來會有什麼意義，我根本沒有一點概念。

這些零碎的記憶片段就像是無聲的電影畫面在我腦海裡播放。像個觀眾，我看著我們母子三人演出一齣齣離別的戲碼。那天晚飯後，老媽送我們兄弟回阿姨在天母的家。在電梯裡，老媽望著我們兄弟，依依不捨的輪流抱了抱我們兄弟。記憶中的畫面是無聲的，老媽當下說過什麼，我一點都記不起來。我把弟弟拉回身邊走出電梯，然後轉身望著電梯裡的老媽，老媽眼睛微紅但沒有哭，她強忍著微笑著跟我們揮手道別，老媽從慢慢合上的電梯門縫中消失後，剩下我們兄弟在昏暗的樓梯間。

當我一面寫著這些回憶，試圖去尋覓小時候的我時，再一次感受到之前體驗過的那種莫名的悸動難過。我從小沒有為離開老媽而哭過，現在卻一面寫著一面淚如泉湧。

媽咪和媽媽不同

離開老媽後就要開始面對新媽媽。

小時候對阿姨的記憶並不多，只知道父親跟她在一起很久了。阿姨常說她在我小時候就抱過我，真正的記憶其實只能從在加勒比海的日子開始。老媽說她記得有一次父親跟阿姨帶我們兄弟倆去游泳，回來後我因扁桃腺發炎高燒，或許當時只是著了涼，但老媽堅持那是因為我心理產生抗拒，才導致生病。

一天晚上，老爸與阿姨要出門，我吵著要他們帶我一起去，結果他們非要我首肯叫阿姨「媽媽」，才會帶我出門。一開始我不願意，彼此僵持了很久，我才妥協接受用「媽咪」，與「媽媽」做區隔後，他們才肯帶我出去。那是我第一次喊「媽咪」，此後直到我離開老爸家前都是這樣稱呼阿姨。

大家聽到「繼母」這兩個字，腦海裡馬上出現的是惡繼母虐待小孩的畫面。每一次記者訪問我時，總滿心期待可以從我身上挖到一些讓人傷心掉淚的故事。但每當我回答完他們的問題後，他們總是滿臉失望的說：「就這樣嗎？」

出國後，阿姨很努力的扮演好外交官夫人的角色，她私下特別叮嚀我們兄弟，不要跟外國人主動提起她不是我們的親生媽媽，反正我們自己不說，那些老外也不會懷疑我們不是她親生的兒子。老爸跟阿姨很努力打造我們一家人幸福快樂的形象，我們配合演出，也從不對外人提起她並不是我們親生母親的事。

加勒比海雖然落後，但生活條件優渥。每天有司機接送我們上下學，家裡有傭人照料我們的生活起居。阿姨特別注重我們一家人的形象，家裡的擺設裝潢都是整套精心搭配的，每當有訪客來到官邸，她總要求我跟弟弟穿上同款式的上衣與白色短褲，連父親的穿著都要經過她的認可。當我們全部照她的意思打扮好後，還得勉強擠出笑容，好讓阿姨幫我們兄弟照相留念。婚後，阿姨主導著整個家的運作，努力的營造「完美家庭」的形象，這樣的形象似乎對她很重要。

記憶中，老爸很少插手家裡的事情，似乎全權交由阿姨處理。在家中，阿姨是個強勢的女人，家裡大小事都是她說了算，包括管教我們的工作也是落在她身上。她對我們管教嚴格，年紀小時不敢跟她爭執，但是年紀越大，衝突越多。

剛開始，或許父親也希望我們可以跟阿姨相處得好，父親與阿姨會百般說服我們要把阿姨當新媽媽看待。那時年紀小也無法真正表達自己的想法，我們只能盡量順從大人的指示，不過心裡卻是有衝突的；因為我們不能理解的是，明明事實就是父親再婚，然後阿姨要與我們共同生活，周遭的人也都知道我們不是她親生的，為何大家要假裝演出「幸福家庭」？我不以為然的看著他們努力營造一個假象，心裡不免問道：「難道他們覺得我們這個重組家庭是很丟臉的事嗎？」虛偽的表面與事實讓小小的心靈開始產生疑惑。對我們兄弟而言，阿姨不就是現在要共同生活的人而已嗎？嘴上喊「媽咪」並不代表我們認同她是我們的母親，若叫「媽咪」會讓他們覺得開心，喊一喊也無妨囉！

我們兄弟倆在跟父親與阿姨住的那些日子，基本上有依照他們的要求盡量配合，但當我們離家後，就再沒有叫過她「媽咪」。

對我而言，阿姨一直灌輸我們「是一家人」的概念，好像是在為自己第三者的立場辯護。記得某個晚上，她坐在我們床邊，跟我們說她以前找的算命師有多準。阿姨說算命師很久以前就告訴她，命中注定她的丈夫會被別人搶走十年，所以她才是我父親真正的妻子。我不知道我老弟有沒有聽懂，但我是有聽沒有懂，到現在我還是沒辦法理解這中間的邏輯。我聽到這個故事時就只有一個反應：「啊！這樣也可以說得通嗎？」我很想跟阿姨說：「妳和父親開心就好，我們不能也管不著你們的感情問題。」

其實對我們兄弟倆而言，後母到底是誰真的不重要，父親喜歡誰是他自己的選擇，今天就算後母換另一個人做，還是一樣的結果。許多人會期待後母應該扮演母親的角色，這根本是一廂情願的想法，我們可以把阿姨當朋友，但我們無法用一個母親的角色去看待她。若能以當朋友的心態去面對彼此，大家都不會有太多壓力，也不會糾纏著一些很奇怪的情緒與要求。大家若以一種開放健康的態度去面對新的關係，反而容易溝通。

阿姨是阿姨，母親是母親，兩人的角色不應該混淆在一起。

不怨恨不怪罪

表面上老媽、老爸與阿姨從來沒要求過我們選邊站，但當他們對我們施壓時，就好像現在台灣的藍綠紛爭一樣。若我沒跟著老媽一起責怪老爸，就好像我不愛她；若我不願意喊阿姨一聲「媽」，就表示我不認同老爸的新家庭。我對此感到厭惡，討厭他們無形的威脅，但是他們並沒有意識到自己的作為。對我而言，大人們一味要我們認同他們的想法，只是要合理化他們的行為。他們不曾問過我們兄弟心裡真正的想法，這非但不是尊重，反而是一種情感上的勒索。

從小就感受到這種無形的壓力，這種矛盾與不知所措的感覺，我到現在都還記得很清楚。

老爸是個不多話的人，他很少會跟我分享他的心情，我們少有親密的互動。老爸再婚後，沒有單獨與我討論過新家庭、阿姨或是小弟的問題。他從未關切過我們心裡的感受，我們該怎麼融入新家庭？怎麼學習與阿姨跟小弟相處？或許這一切在他看來似是理所當然的。

在南非的學校過得很痛苦時，老爸與阿姨從未關心過我為什麼過得不開心，更不會與我們討論未來的任何規劃。有一次，我把成績單拿給父親看，他只把它丟在一旁說等一會再看，原本期待他會在意我們在學校的表現，但他的態度令我失望，他對我的成績單沒有任何評語，也沒過問我在學校的表現。

家裡大小事都由阿姨決定，老爸很少有異議。唯有一次，任天堂剛出來時，我們兄弟倆一天到晚吵著要買，阿姨堅持不可以買電玩給我們，老爸沒多說什麼，但從美國出差回來時，老爸手上居然拎著一套任天堂還有一個衝浪板，我們兄弟倆當然是興奮的直跳腳。阿姨的表情則不以為然，顯然不滿老爸違背了她的意思。我們一面玩著任天堂，一面聽著屋內傳來阿姨與老爸的爭執聲，雖然對老爸被罵感到愧疚，但是心裡卻是備感窩心，老爸並沒有因再婚而忘了我們。

日後離家，我們與老爸的互動都是靠信件維繫，老爸定時來信的習慣持續多年，但因為懶我很少回信，這裡要跟老爸說聲抱歉！他的家書簡短有力，內容千篇一律，不外是叮嚀我要好好照顧自己，好好唸書，要記得多寫信給他。三不五時，信封裡會有個五塊、十塊美金，信上寫著：「P.S.十塊錢給你去買個冰淇淋。」每一次看到現鈔都會讓我覺得好笑又感傷，我就當作是不善表達的老爸透過這樣的方式來關心我。我當然沒有去買冰淇淋，那一疊的信與美金到現在還在我的鞋盒裡。

可惜的是，跟老爸生活的時間雖然遠比老媽多，但父子之間令我印象深刻的畫面並不多。成年後，我們與老爸的家庭連繫不多，除了過年或他生日外，我們很少見面。我們對老爸及他的選擇不會有怨恨，更不會怪罪他，我們尊重大人們的選擇，但也希望他們可以諒解我們的選擇。我們很感謝老爸曾帶著我們到世界各地，讓我們能有與眾不同的人生經驗，也感謝阿姨對我們與老爸的照顧。

2004春夏

為什麼一定要選擇

兒時的模糊記憶

老媽對於離婚時我們兄弟倆選擇跟老爸出國，而沒有跟她留在台灣一事，一直耿耿於懷。不論上媒體或接受採訪，她都不厭其煩地說這個故事。每次她說到此事時，我們兄弟倆只能默默的微笑點點頭，因為事實的確是如此。對小時候的我而言，「玩」才是我關心的，哪裡好玩就到哪裡去。老媽跟老爸的戰爭，我不太懂也沒興趣參與。

在老爸外遇的事爆發後，老媽當然是又吵又鬧，奶奶受不了他們的爭吵，於是要老媽搬出去。老媽離家後，照顧我跟弟弟的責任落在奶奶與幫傭阿玉身上。印象裡，那段時間除了老爸總是早出晚歸，見到老媽的時間也有限，大部分存留的記憶都只有我和弟弟。

模模糊糊的記憶裡，五歲從美國回台灣後，我們似乎一直就是跟奶奶住，老媽什麼時候住在那裡，什麼時候搬走的，我一點印象都沒有。小時候的新店沒有現在繁榮，但是奶奶家的環境很不錯，一樓的房子，有紅色的大門跟前院，室內鋪著大理石地板，還有一台很大的電視機。我們兄弟從小調皮搗蛋，只差沒把奶奶氣出心臟病。弟弟從小就喜歡展現他的藝術天分，常把奶奶的白色沙發當作畫布揮灑，等奶奶回家，看到她心愛的白沙發被油性簽字筆畫得亂七八糟時，當然是追著弟弟又打又罵。我有一陣子迷上飛機模型，想把整個地下室打造成我的飛機場，奶奶回家後看到整個地下室的地上跟牆上貼滿黃色與白色的條紋，氣得說不出話來。夏天淹水時，我們會拿著大箱子當作船在積滿水的地下室划船游泳，奶奶一面罵還要一面把我們從水裡抓出來。

奶奶家倒是比較有「家」的感覺，印象最深的是奶奶的廚藝，奶奶的拿手菜是麵食，她喜歡親手做餃子與炸醬麵給我們吃，一直到現在都還會想起奶奶的炸醬麵。夜深時，奶奶喜歡煮碗細麵當消夜，我常常藉此跟奶奶撒嬌，要她也幫我煮一碗，因為這樣子就有藉口晚點上床。

奶奶白天在銀行上班，平時就請阿玉負責幫忙家務與照顧我們。阿玉外形圓滾滾的，很有親和力，把我們當自己的小孩帶。我們兄弟自然很黏阿玉，跟著她進進出出，我最喜歡跟她去菜市場，因為阿玉會買油飯給我吃。每天下課後幾乎都是跟阿玉的小孩到處鬼混，平時沒事就喜歡去住他們家，跟她的兩個兒子擠上下舖睡。那幾年裡，因為相處時間多，阿玉和她兒子對我們而言更像家人，反而奶奶跟老爸都是只有到晚上才看得到。

對老爸的記憶只有清晨與半夜。天還沒亮時，老爸會把我們兄弟叫醒，打理好我們兄弟，帶著我們從新店坐公車到景美上學，下公車後，我們會回頭對坐在窗邊的老爸揮揮手，望著公車離開再放心的去上學。放學後不是去老媽在景美的住處，就是跟弟弟坐公車回新店。回新店後就玩到天黑回家，晚飯通常是奶奶煮給我們吃。

記憶裡，老爸好像都是在我們半睡半醒時才爬上床跟我們一起睡。那時候父子三人擠在一張大床上，弟弟從小就缺乏安全感，一直到小學還會尿床。腦海中最常出現的畫面就是半夜裡在暗黃的燈光下，我們兄弟倆睡眼惺忪站在床邊看著老爸換床單。現在不能確定這樣的生活到底有多久，但這些是少數依然清晰的記憶。

「玩」是人生目的

沒有老媽跟老爸束縛，「玩」變成了我們每天生活的重心，我一直「玩」到大學才知道好好唸書。放學後馬上呼朋引伴開始玩到天黑才肯罷手，那時候是哪裡都可以玩，什麼都好玩。最常做的事是騎著腳踏車到處閒逛，去附近還沒蓋好的郵局玩躲迷藏，因為裡面有個好幾層樓高送信用的溜滑梯，到家附近的小溪（其實只是個比較大的水溝）玩水，在加油站附近的空地放鞭炮，到附近書局一面望著剛出來的模型，一面想怎麼偷才不會被老闆發現。小時候常常把老媽翻譯的書拿去租書店跟老闆娘交換漫畫書來看，老媽氣得追著我們打。

去年趁出差之餘，順道到加拿大看奶奶，希望能從她口中知道她怎麼看待老爸老媽的事。奶奶說：「你們兩個人小時候真是調皮到連狗都嫌。你媽媽呀！那時候哪有時間管你們，她每天光是想著如何對付你爸都來不及了。」

至少這可以解釋為什麼老媽在我的兒時記憶裡很模糊。不管她是因為忙著對付老爸還是忙著討生活，老媽在我們小時候確實不常在我們身邊。我記得奶奶的廚藝，但是卻想不起來老媽的廚藝；我有跟父親、弟弟同床共枕的記憶，卻沒有與老媽睡在一起的記憶。

嘮叨嚴母

老媽搬走後，一個人在萬盛街租房子，身無分文。老媽的房子家徒四壁，別說裝潢，連電視都沒有，跟奶奶的家比起來寒酸多了。印象中，老媽脾氣不好，讓空蕩蕩的家氣氛格外冷清嚴肅。老媽對我們管教嚴格，每天有事沒事都會嘮叨個沒完，分居讓她面臨失婚的無依無靠，心情更好不到哪裡，我跟弟弟開始視回媽媽家為畏途，弟弟一聽要回老媽家時還會脫口而出：「吼！好煩！」

我對老媽小時候的記憶就是兇跟嘮叨。

待在老媽家的時候常會想念奶奶新店的家，有一次不知為了什麼事跟老媽吵起來，我吵著要回新店，推開門就往外跑，老媽隨後跟著追出來。其實我根本沒跑遠，偷偷躲在公寓樓梯間看她慌慌張張一臉怒氣的到處找我。等她放棄走了後，我才偷偷摸摸溜走去坐車回新店。現在回想起來，當時說的話一定讓老媽很難過，因為連兒子都拒絕跟她在一起。

親密？陌生？

雖然老媽自己生活都有問題，她偶爾還是會帶我們去吃老孫牛排，即便是廉價牛排館，但我和弟弟吃得津津有味。每星期，我們會固定住在老媽家幾天，老媽除了幫我們看功課之外，每天就是趴在桌上忙著翻譯賺稿費。

說也奇怪，就算到了國小後，我對家裡發生過的事情依然沒什麼印象，記憶就像是電腦硬碟被重組過後一片空白，長大後很多記憶都是透過其他人描述才好像有那麼一點印象。回台灣後碰到一個小學同學，她記得小時候，有一次到老媽家來找我玩時正好是黃昏時刻，她對當時的情境印象深刻，在夕陽微光籠罩下的客廳裡，老媽背對著她一面講電話一面在顫抖，她不知道老媽為什麼在哭，她只知道當時覺得好難過。

好玩的是，我對這些一點印象都沒有耶！

現在，無論我跟弟弟如何試著去回想，完全沒有父母同住在一個屋簷下的畫面，只能從僅存的照片來證明我老爸跟老媽曾經是夫妻。從懂事開始，有奶奶的家，有老爸的家跟老媽的家，但是從來沒有「我們的家」。他們兩人從來沒有共同生活在同一個時間與空間中，而且至今老死不相往來。相對的，印象裡也不曾有他們吵架或打架的畫面。

選擇靠哪邊站從來就不是一個問題。選誰真的那麼重要嗎？小時候的我只知道哪邊好玩哪邊去。

老媽說我從小就比較自私，只會關心自己。我不否認小時候的我從未關心過老爸或是老媽的感受。對我而言，老爸與老媽一直都是兩個沒有關聯的人，要選擇跟誰其實差別不大。從我懂事以來，我對老媽與老爸的恩怨情仇興趣真的不大，我學會關注自己的需求。我從未把我們當作是一家人，更沒有天真到期待他們會復合。長大後只覺得這兩個個性南轅北轍的人當初會結婚不僅不可思議，簡直就是一個恐怖的景象。

我把自己置身於父母親的關係外，因此對老爸的新家庭或是老媽的批判，我不感興趣，也不覺得跟我有什麼切身的關係，他們愛怎麼過他們的人生就怎麼過。

選擇跟老爸出國的理由很簡單，可以逃離台灣繁重的升學壓力，因為沒人管就可以玩得更痛快。我很清楚老爸不會管人，但老媽是嚴母，跟著她肯定有苦頭吃。

因為跟父母親有著這樣特殊的關係，我常問自己，有一天當他們要離開人世時，「我會傷心嗎？我會哭嗎？」

我自己也不知道答案，因為我們之間的關係說親密好像沒有很親，但要說陌生也沒有那麼陌生。一直到現在，我還是無法定義或是找到一個可以形容我們親子關係的詞語。從小在這樣模糊的親子關係要我怎麼去選擇呢？所以讓自己開心還比較實際一點。

不願意作選擇

所有面對父母離婚的小孩都要面臨很多的「選擇」，要跟爸爸住還是跟媽媽住？要恨爸爸還是恨媽媽？要站在爸爸這邊還是媽媽這邊？有太多的父母親會把孩子拉進自己的感情戰爭，他們都希望孩子會是他們的盟友，加入他們的陣營一起來攻擊另一半，但這樣的要求常會讓小小的心靈充滿疑惑與罪惡感。

事隔十幾年回台灣後，老媽依然不斷的重複她對父親的批判，我們在台灣婦運先鋒的老媽面前談到老爸依然要小心翼翼，我們若沒有一起跟著老媽痛罵老爸當初的背叛，好像顯得我們不夠愛老媽。這種罪惡感一直都是一種無形的壓力，我為什麼一定要選擇某一方，難道我不能愛老爸也愛老媽嗎？畢竟兩個人都是生我的人，老媽與老爸的恩怨並不代表我與他們的恩怨。我們對父母親的恩怨其實是無法感同身受的，因為我們並不是當事人。

很多小孩在這樣的成長過程中很快就學會如何討好某一方，應該在誰面前講什麼話，可以跟誰要什麼東西。小孩很快就學會怎麼利用雙親的離異而從中獲利。要讓雙方都開心的話，那只能見人說人話，見鬼說鬼話囉，碰到父親就說些他喜歡聽的，碰到母親也說些她喜歡聽的。我從小不可避免也會這樣做，但大人看到小孩這麼現實時，大人們不檢討他們的感情糾紛在小孩心裡造成多少矛盾，面對這種情況時，不要說小孩，就算現在長大了，都不知道怎麼處理，因為你總是會得罪某一方而無法讓雙方都滿意。

雖然有很多人是失敗的情人，但是有更多人是不及格的父母，當大人連自己的感情問題都處理不好，又如何期待他們能處裡好親子關係。這社會有太多不負責任的父母親，當感情的世界發生變化後，小孩很容易淪為大人的工具或累贅。

長大後，離婚的父母親繼續將他們的感情寄託在小孩身上。很多小孩成人後依然還是要當離婚父母間的傳話筒，要繼續小心拿捏他們與父母間的關係。與父母親的複雜關係直接影響到我們自己的感情。老媽說過：「你若請你老爸參加你的婚禮，那我就不出席。」我心想：「真是麻煩！難道婚禮還要辦兩次嗎？我要怎麼跟我丈母娘解釋，因為我老爸老媽誓不兩立，所以要麻煩你們出席兩場婚禮。」

不知不覺中，因父母失敗的婚姻而造成失調的親子關係，默默影響為人子女處理感情的方式。就個人經驗，每次與父親關係不好的女人交往都會打擊我的自信心；她們似乎對男人的不信任與敵意特別強烈，我老媽就是最好的例子，我一直認為老媽對男人的看法根本就源自於她對外公的失望。我常需要花一段時間才能讓我的女友瞭解我與老爸老媽的關係，以後請她直接讀這本書就可以省去我許多力氣。

因為有錢所以不怨？

有一位離婚的女性友人告訴我，她當初雖然因為丈夫外遇而離婚，但離婚後，她從不在兒子面前說她前夫的壞話，因為她希望小孩不會因他們離婚而失去父母的愛。她也不希望因為離婚，讓她兒子恨父親，她希望在兒子心中保留一個健健康康的父親形象，因為她希望兒子健全的長大。

當我跟老媽說：「這樣子不是很有風度嗎？」

老媽聽了以後不以為然的說：「哼！她當然很有風度，因為她前夫在離婚後提供他們母子優渥的贍養費。如果她前夫棄他們於不顧，我不知道她會多有風度。」

兩個人之間的愛情問題永遠都是複雜，但是當兩個人不能在一起走而選擇分開時，其實不應該影響對孩子的態度。親子關係跟愛情關係應該是可以分開處理的。

沒有媽媽但是有衝浪

到遙遠異邦升國旗

十一歲那年跟著老爸搬到加勒比海。離開老媽後，我並沒有太多時間難過，因為馬上要適應新環境。從小到大漂泊的日子並沒有讓我習慣遷徙，每次搬到一個新的國家，都得重新面臨新的挑戰與適應新環境的痛苦。

我們兄弟倆從小跟著父親過著飄蕩的生活，在一個國家短則待個二、三年，長則四、五年。外交官的職務不像民營公司外派人員有合約，通常從一個國家派駐到另一個國家時，會在三個月前收到通知，然後全家就得總動員收拾打包後出發。搬到另一個國家，不論是語言、文化與習俗都要在最短的時間立即適應，光是面對這些問題就讓我筋疲力盡，少有餘力再去想太多過去的事，所以來到聖克里斯多福（St. Christopher）後，對老媽的思念很快就被我丟到腦後去了。

印象裡只記得坐了好久的飛機，途中還經過舊金山與溫哥華。下飛機時是晚上，迷你的機場空蕩蕩的，除了工作人員之外根本沒幾個旅客，到旅館的路途周遭烏漆抹黑什麼也看不清楚，所以對這個小島的第一印象並沒有很深刻。坐落在加勒比海群島

的聖克里斯多福（St. Christopher）是個面積只有二六一平方公里，人口三萬八千餘人的小島。據非官方的說法，島上的猴子要比人還多，台北縣目前人口是聖克里斯多福的一百倍。

那裡一年四季陽光普照，景色迷人，四周環繞著蔚藍的海洋，山裡有熱帶雨林。島上的生活雖然落後與貧窮，但島民十分熱情單純。首都不過就是幾條街道而已，木造的建築物保留著英國殖民地風格，沒有高樓大廈也沒有百貨公司。島上大部分的居民都是被白人從非洲帶過來的奴隸後代，原住民早在哥倫布到訪不久就被歐洲人滅絕了。英國人用奴隸大量種植甘蔗生產萊姆酒，因此島上遍滿甘蔗田，甘蔗是島上生產最多的農作物，也是當地人唯一知道怎麼種植的農作物，所有其他民生用品都需要靠進口，因此物價相當昂貴。聖克里斯多福島真是名副其實的小島，週末時，我們一家人固定的家庭活動就是開車環島一圈，開車大概只需二到三小時就可以環島一圈。島上除了偶爾有滿載觀光客的郵輪靠岸，還有美國的衛星電視可以看外，島上的生活步調慵懶，幾乎是與世隔絕。

我們一家人的任務是建立新的大使館，老爸很快找到一棟白色的洋房，一樓當作大使館，二樓則是我們居住的，工人把旗杆豎立好升上中華民國的國旗後，大使館就這麼開張了。院子除了椰子、芒果與檸檬樹之外，阿姨還請人在後院闢了一塊地種菜。剛到沒多久，我在睡夢中被耳朵的疼痛驚醒，阿姨用手電筒往耳朵一照，就跑出一隻小蜈蚣。聽當地人說雞會吃蜈蚣，於是趕緊託人找幾隻雞來養，從此家裡像個迷你農場。老爸常笑自己過的是退休的生活，每天的例行公事就是早上起床餵餵雞、澆澆花，把國旗升起後才開始辦公。

「加勒比海式」英文

儘管我一歲就去美國住了四年，但五歲回台灣後早就把英文忘光光。弟弟雖然在美國出生，是個美國人，但他半點英文也不會。我們被安排進入一所私立的教會學校，雖然號稱學校，校區非常迷你，一個年級只有一班學生。教室是簡單的水泥建築，鐵皮屋頂，環繞著一個小型的籃球場，旁邊有塊泥土地，有兩棵大樹，下課時就充當小朋友玩耍的地方。學校學生百分之九十九都是黑人，偶爾會有一、兩個白人，但待的時間都不長。

第一天被司機帶去上課，走入學校時引起了不小的騷動，小朋友們爭先恐後的包圍著我們兄弟，因為他們很少見過活生生的亞洲人。第一天上課我傻傻的坐在教室裡，完全聽不懂大家在講什麼，面對的是烏鴉鴉一片南蠻鴃舌之人，真是叫天天不靈，叫地地不應。想上廁所時舉手，但卻像個啞巴一樣也不知道怎麼跟老師表示尿急，比手畫腳了老半天，老師也聽不懂，乾脆站起來就往外面走。前幾個月上課，充其量只是坐在教室裡而已，老師知道我聽不懂也不知道怎麼跟我溝通，課本既然看不懂自然沒有功課要做。每天就自己拿著筆記本低頭安靜的畫畫，想上廁所直接站起來走出去，也不必跟老師報告。

學校從沒收過一點英文都不會的小朋友，因此熱心的校長安排了一個從美國來的神父老師，下課後從簡單的ＡＢＣ開始教起。我跟弟弟就在老舊的教室裡，坐在小板凳上跟老師一個字母、個字母的唸，很快的在不知不覺中就可以跟同學們從比手畫腳到流利的罵人。我跟弟弟融入得很快，同學們也很喜歡我們這兩個「CHINA MAN」。加勒比海英文有很多有趣的辭彙，中國人不是CHINESE而是把CHINA＋MAN=CHINAMAN，另一個有趣的例子是ANTIMAN，ANTI在英文是相反的意思，把ANTI跟MAN結合就是相反的男人，因此同性戀就被稱為ANTIMAN。當地人的英文非常不正統而且口音相當重，我當然不可避免也跟著講起加勒比海式的英文。

島上除了我們一家亞洲人之外，還有來自印尼的華僑家庭與農委會派來做國民外交的農技團。雖然在島上住了四年多，走在街上，依然有島民只要看到我們這種「稀有動物」，不免喜歡跳到我們面前興奮的大喊「HEY! CHINA MAN！」再學李小龍發出「A—CHE」的怪腔，比畫出幾個中國功夫姿勢要我們秀兩下功夫。若大家有機會到那裡旅遊碰到這種情形，不用害怕，微笑點頭就好。

最快樂的歲月

在那裡慢慢學著融入當地的民情風俗。雖然原本膚色跟黑小孩不同，但我們很快也曬得跟小黑人似的，當地人淳樸、熱情、友善，因此我跟弟弟很快就跟著一群黑小孩到處趴趴走。如我所願，在這種與世隔絕的國家，沒什麼競爭，所以學校課業唸起來很輕鬆。

加勒比海的生活非常健康，小島每天陽光普照，生活悠閒自在，正符合我跟弟弟天生愛自由的個性。我們每天的工作就是玩，到處交朋友。在那個兩小時就能環島一周的島上，每天上學玩放學也玩，放學後我們會跟朋友爬芒果樹蓋樹屋，光著腳丫子追逐家裡養的母雞與小雞，呼朋引伴打棒球與各式球類運動，用木頭自製的槍玩警匪強盜的遊戲，一定要玩到太陽下山時，阿姨叫吃飯才會依依不捨與朋友道別。吃飯前，阿姨會叫我們去院子裡拔菜，晚餐洗洗就下鍋了，多新鮮呀！家裡的院子種著各式各樣的樹，天氣熱時，我們兄弟會在樹下看著園丁爬上椰子樹，試著接住丟下來的椰子，然後馬上劈開喝剛摘下來的椰子；芒果樹結果時，每天就是忙著收集遍地掉下來的芒果。

週末，老爸會開車帶我們到海邊衝浪，那裡的海水是美麗的藍綠色，海水清澈見底，沒有觀光客時，一望無際的白沙灘上就只有我和弟弟。我們擅長各種水上運動像游泳、潛水、衝浪、釣魚與帆船。有時候趴在衝浪板上等浪時，還會有一群一群的小魚從我的背上躍過，到現在那種感覺還是令人覺得不可思議！島上很多人都有遊艇，週末時大家就開船出海或是到島上人煙稀少的地方去潛水或烤肉。在那些無人的海灘上，只要拿著一條尼龍線綁上鉤子，站在水中就可以釣魚。

島上一年一度的盛事就是嘉年華，全島會總動員起來，大家組隊，製作閃亮亮的服裝與色彩繽紛的花車，然後一組組的隊伍會伴著鐵桶演奏的音樂在大街小巷中遊街。所有的隊伍隨著音樂的節奏盡情的舞動著撩人的軀體，像是有用不完的精力。嘉年華會帶起一股原始般的衝動，男男女女在音樂與酒精的催化下從早上狂歡到深夜。我也入境隨俗的跟著朋友聽著當地音樂，對音樂沒概念的我，直到離開那島上才知道自己聽的是雷鬼音樂。

現在才懂得心疼老媽

島上的生活跟台灣截然不同，我們很快就把台灣的生活拋在腦後。在沒有e-mail的時代，信件往返都要兩個星期以上，長途電話不但貴也不方便。老實說，我們玩都來不及了，怎麼還會有時間寫信呢！偶爾想到「我好像很久沒寫信給老媽了」，這時才會拉著弟弟乖乖坐下來寫封信給老媽。但因這裡的生活跟台灣截然不同，也不知道如何與老媽分享，只能讓她知道我們平安，然後請她幫我們買玩具，因為那裡太落後了，所以物質很缺乏。寫信問候是順便，偶爾會寄張生活照更新她對我們的印象，但主要目的是拜託媽媽買模型給我們，模型玩具在台灣很普遍，卻是小島上的奢侈品，同學沒人見過，更不可能擁有，我們巴望著媽媽寄來更新更酷的模型玩具，好讓我們在朋友圈裡耀武揚威一番。

老媽說因為不想打擾父親的新家庭，不會主動打長途電話給我們。因此母親與我們的關係漸漸疏遠。現在回想起來，老媽是怎麼度過那些兒子不在身邊的日子？在辛苦謀生之餘，她是否會常常感到傷心？她會感到寂寞嗎？她會因為我們疏於聯絡而感到憤怒嗎？她會因為我們好像都把她遺忘而失望嗎？

重逢到現在，母子三人很少提及那段時間，或許需要透過這本書，我們才可以把彼此心裡的話吐露出來。寫到這裡，才突然發現我們對於老媽是怎麼度過那段時間一無所知，當我們遠在世界的另一端時，老媽會感到寂寞嗎？老媽會因為思念兒子傷心嗎？老媽會擔心我們過得好不好嗎？我現在或許比較能體會老媽不放過對老爸批判的原因了，因為他剝奪了老媽跟我們相處的機會，讓她被迫在我們的成長過程中成了缺席者。

遠離非洲

南非大官邸

每到一個新地方感覺都差不多，像是在做夢似的，因為你完全不知道該期待什麼。對每個地方的記憶都朦朦朧朧的，有點像新生兒剛睜開眼睛，想辦法聚焦來熟悉周遭的環境一樣，所有記憶中的畫面都是朦朧的，感覺有點真實又有點夢幻。

十五歲那年，父親接到外派通知，我們又舉家離開風光明媚的加勒比海小島，來到千里之外的南非。在落後小島住了五年後，終於又再次接觸到文明世界，記得在邁阿密轉機時，想買個飲料，結果發現自己不太會使用販賣機，照著說明圖示操作才順利看到飲料掉下來。

約翰尼斯堡是個陽光普照、景色美麗又乾淨的城市。我們的新家坐落於白人高級社區，所以並沒有機會接觸到它可憎的另一面。種族隔離政策依然存在，但因我們唸的高級私立學校也收黑人，所以對於種族問題並沒有太深刻的感受，住在郊區也還算安全。

這一次我們不用開疆闢土，約翰尼斯堡的官邸比加勒比海的房子更氣派，白色的兩層歐式建築配著紅色磚瓦的屋頂，庭院有大片的綠地與大樹，車庫的後方還有傭人、司機與園丁住的房間。官邸原來就養了一隻聖伯納與兩隻德國狼犬，聖伯納見到人就喜歡往身上撲，滿嘴的口水黏似漿糊，人見人怕。因為房間多，我第一次擁有了自己的房間，弟弟則是跟小弟共用一個房間。

到南非不久後，剛認識的鄰居孩子想盡地主之誼，帶我去見識一下南非的生活，晚上開車帶我出去說要找幾個黑人來扁，不過後來繞了好一陣子，也沒找到任何人可以扁，我也搞不清楚他們是說真的，還是只是想炫耀一下。後來在那裡生活了兩年，倒也沒碰到任何種族暴力的場面。

非洲一點都不像電影「遠離非洲」那麼浪漫。你若去過非洲大草原，就知道勞勃瑞德福和梅莉史翠普怎麼可能那麼悠哉的在營火旁談情說愛，光是趕蚊子跟蒼蠅都來不及了。像電影「上帝也瘋狂」裡，草原上到處是東倒西歪的樹幹，因為大象喜歡蹭磨樹幹止癢，磨個兩三下就把樹連根拔起。晚上的營火還有可能把犀牛招引來。我對於非洲大草原的記憶就只有一個字「熱」，在大草原上待一下子就會讓你口乾舌燥，那種燥熱會讓人感到非常不舒服。或許你會說在非洲可以看到野生動物呀！對呀，在草原上一整天就只會看到羚羊，偶爾才會出現兩、三隻大象與長頸鹿，獅子跟花豹哪會隨便讓你看呢？就算看到，你敢走近一點嗎？只能站著遠遠的看。我覺得還是看看Discovery channel比較精采也比較實際。

番茄醬怎麼講很重要

南非的生活對我而言是個既痛苦又美麗的回憶。老爸與阿姨費心安排我跟弟弟就讀全約翰尼斯堡最好的貴族學校St. John's，但這個英式傳統的學校卻是我噩夢的開始。學校校風嚴格保守，規矩也多，而且還是一個男校，一向自由慣了的我，一直到離開南非都沒辦法適應那個學校。

St. John's學校坐落在高級住宅區的山頂上，佔地廣大，米白色的石頭堆砌的古典建築讓學校顯得氣派又高雅。校園內，披著黑色袍子的老師與穿著西裝制服的學生穿梭在長廊上，不禁讓人想起「哈利波特」裡的場景。學校的生活在各方面都與我格格不入。夏天我堅持穿冬季制服，深藍西裝領帶，因我無法忍受夏季校服的卡其短褲配長到膝蓋的黑襪子與黑頭皮鞋。我痛恨每天早晨要望彌撒，星期三還要忍受上一個小時的教堂，每到星期三我會躲到common room，然後算好時間再出來，假裝遲到，這樣才能逃過彌撒。加勒比海學校的程度遠遠落後這個南非高等中學，所以我的成績慘不忍睹，英文課會依據學生成績分班，A班當然是成績最好的，而我是被排在比D還後面的E班。歷史課更是上得糊裡糊塗，不但搞不懂誰是Bores？誰是Zulu？更搞不清黑人、荷蘭人與英國人的三角關係，期末報告只好找學歷史的老爸當救兵，結果勉強拿了一個C。

學校充滿了繁文縟節與不合時宜的傳統規定，讓我搞不清楚狀況，隨時隨地都會闖禍。午休時，我一個人在校園閒逛，走上一片草皮後，突然感覺到四方投射來的目光，周遭的同學都帶著驚恐的表情竊竊私語，一個高年級生兇巴巴的過來問我「你難道不知道這塊草地只有高年級生才可以踏的嗎？」在眾目睽睽下被學長訓得莫名其妙，真恨不得有個地洞可以鑽。

南非的白人，有英國人後裔與荷蘭人後裔，因此語言分為英文與Afrikaans。學校也分成兩種語言制度。雖然我上的是英語系的學校，但我卻聽不懂很多英式的俚語，常鬧笑話。有一次聽著同學們滔滔不絕的描述他與「maid」（傭人）的感情多好，我聽了納悶問道「你跟你的『maid』感情好到有點離譜耶」，「怎麼會？他是我最好的『maid』呀！」「你的傭人還會跟你睡在一起喔？」「當然！我不是說過他是我最好的『maid』嗎？」。自己越聽越覺得不妙，頓時才恍然大悟想起他們習慣稱朋友為「mate」而不用「friend」這個字，而自己聽成「maid」，害得我們兩個人從頭到尾都是雞同鴨講。

除了兩個討人厭的娘娘腔同學特別喜歡在生物課上取笑我的加勒比海式口音外，這些英國老師也常喜歡拿我的英文大作文章。

老師：「明天可以給我作業嗎？」我很自然回：「ＯＫ！」

老師回瞪我一眼，叫我站到教室前面嚴厲的指責：「ＯＫ是啥米？你難道不知道ＯＫ這個字根本就不是英文嗎？ＯＫ是那些死美國佬發明的，所以請你以後要說YES不許再說ＯＫ，聽懂了嗎？」我馬上答：「Yes, sir！」又是糊裡糊塗的被修理一頓。

連廚房的大廚都會對我兇，午餐時，我跟廚師說：「May I have some ketchup？」他的臉色大變大發雷霆，歇斯底里的罵說：「『Tomato suace』，拜託你！ketchup不是英文，好嗎？Tomato suace才是正確的說法，下次再讓我聽到ketchup，你就不要想在這裡吃飯！」

上課一條蟲，回家一條龍

課外活動的英式板球、橄欖球我一竅不通，在加勒比海練就的好身手，在這裡變得英雄無用武之地。漸漸的，我開始變得沉默寡言。早上從踏進校門到下午放學之間可以不說一句話，午餐時間當大家都在校園裡玩耍，我會躲進圖書館避免跟任何人接觸。下午放學後，立刻迫不及待地逃回家。我在同學眼中成了說話怪腔怪調，孤僻自閉的怪咖。那兩年的學校生活只能用苦不堪言來形容。

像《變身怪醫》（Dr. Jackle and Mr. Hyde）一書裡，我開始有了雙重人格，只要一進學校，我變得孤僻寡言，一離開學校，又可以生龍活虎。這樣的弔詭行為，一直要到我在美國上大學後才漸漸改變。

白天雖然沉默寡言，但到了下午放學後卻是瘋狂的玩耍。放學後我判若兩人，依然維持慣例，一定玩到天黑才肯回家吃飯。每天放學後第一件事便是去找我的死黨鄰居Robert一起鬼混。Robert有個像電影「完美嬌妻」裡的完美家庭，漂亮的洋房中有游泳池與網球場，Robert有個醫生爸爸，美麗溫柔的媽媽瑪格麗和弟弟瑞吉，外加二

大二小可愛的狗。我很喜歡去他們家玩，因為他們會把我當成家裡的一份子，他們家的氣氛很棒，爸媽跟孩子間似乎無話不談。我開始有點羨慕那種幸福的家庭氛圍，有事沒事就往他們家跑，Robert家成了我的避風港。

Robert有輛紅色的老MINI車，我們兩人雖然沒有駕照，但下課後喜歡開著小紅到處兜風。在南非的鬼混其實也不過是開著他的車出去兜兜風，壓壓馬路，週末就是跑趴，而高中生能做的娛樂也不外就是把妹跟喝酒。有次半夜為了溜出去參加party，我們兩人偷偷摸摸的把MINI從車庫推出來，以免吵醒其他人，但是發出的聲音太大，把瑪格麗媽媽吵醒了，我們驚慌之下拔腿就躲回房間。瑪格麗媽媽出來發現MINI從車庫跑到院子中央，嚇得她趕緊報警。警察來了後大費周章的做了筆錄也取了指紋，警察研判應該是有黑鬼想要偷車，結果因被瑪格麗媽媽及時發現所以逃跑了。我們兩個在旁邊假裝很驚訝，還跟著警察順勢答腔，每次講起這件事都笑翻了。週末時，我會在Robert家過夜，有時候兩個人就從星期五晚上開始喝酒，睡醒後繼續喝到星期日。

我們的叛逆跟調皮搞得雙方家長都很頭痛，最後死黨的父母親下最後通牒，若我們兩個繼續調皮搗蛋，就要把Robert送去軍事學校，但還沒來得及送他走，我就先一步去美國了。

把阿姨推倒以後……

年齡越大，我的個性變得越叛逆，相對的跟阿姨的衝突也越頻繁。阿姨對我跟弟弟管教越嚴格，我就越想跟朋友往外跑，加上我多次央求他們讓我轉到美國學校去，他們都不肯答應，導致我們的關係越來越惡化。

我們與阿姨之間的衝突與情緒是一點一點累積的，最後的導火線是小我十幾歲的小弟。他小時候調皮，常常因為亂動我跟弟弟的東西而跟我起衝突，只要我對小弟兇，阿姨就會罵我。那次不記得為了什麼，小弟又惹毛我，讓我跟阿姨大吵起來，她一直用手指著我的頭罵人，罵得我一把無名火上來，想到她莫名其妙不讓我出去玩，一時氣不過就把她推回去，不料她後面正是玻璃門，這一推把她摔得不輕。記得弟弟回家後看到玻璃門上圓圓的一個屁股印子，還忍不住哈哈大笑。那是我第一次公開反抗她，我們之間因為這件事關係降到了冰點。老爸獲知這件事後，只是到我房間看看玻璃門，問我發生了什麼事，便不發一言離去。

我推倒阿姨後，便一面哭一面跑到Robert家找瑪格麗媽媽哭訴，瑪格麗媽媽看到我一把眼淚一把鼻涕出現在她家嚇壞了，她耐心的安撫我，擁抱我，直到我情緒平靜後才送我回家。

這起衝突事件使家裡的氣氛低迷，老爸保持低調沉默，阿姨則開始對我冷戰，她覺得我一天到晚惹是生非。此時我決心離開南非，只好求助老媽。

一直到我離開之前，老爸依然選擇保持沉默。

原本的計畫是高中畢業再去美國，但我一心只想著如何離開令人厭惡的學校。每次打電話給老媽都是跟她要東西，這次也不例外。與老媽長談後，她希望我能耐著性子把最後一年高中唸完再去美國，但任性的我死都不肯答應。電話中老媽希望能跟老爸商量一下，我請老爸來聽電話，但是老媽在電話中等了十多分鐘，老爸卻打死都不肯跟她通話，最後還是由我來傳話。老爸與阿姨對於我要離開並沒有太多意見，老媽便著手安排我們兄弟倆投奔在舊金山的姨媽。

我不太記得老爸在我離開前說過什麼話，只記得他幫我安排好事情後送我們兄弟到機場，我們兄弟第一次獨自坐飛機從約翰尼斯堡到德國再轉機去舊金山，上飛機後我在心裡喃喃自語：「這次離開後，應該不會再有機會跟父親住在一起了。」

果然，從那一天起，我再也沒有回到老爸家。

自由的年代

用心良苦的老媽

從南非的機場起飛後，心裡有一種解放又感傷的心情。我告訴自己這次應該是真正的離家，以後不會再有機會住在一個有爸爸或有媽媽的家裡。

到了舊金山後，老媽費盡苦心要拉近母子關係，先是安排一趟夏威夷之旅，然後又帶我們去溫哥華。但是過了兩年多很壓抑的日子，又正好處於叛逆期的我，在這趟旅行中卻讓老媽覺得我們兄弟是兩個放縱與不講理的野人。

那個暑假算是我們母子分開七年後重新彼此認識的開端，母子三人既陌生又熟悉的關係，很難用言語去形容。一直到現在，我們依然是相敬如賓。母子重逢既沒有像電影中一把鼻涕一把眼淚的情節，也沒有什麼感動人心的劇情。見面後只有一種陌生參雜著熟悉的感覺，彼此之間的距離需要靠很長一段間才能再拉近。

老媽忙著打點我們的生活，安排學校的事後便匆匆忙忙趕回台灣。短暫嘗試與姨媽生活後，大家都不習慣，於是老媽讓我自己住，把弟弟帶回台灣自己帶。

美國對我來說不算陌生，但適應新環境還是個大挑戰。高中找了一間位於市中心的私立學校，因為美國人並不需要來唸私立高中，所以學生大部分是來自於香港與日本。在學校裡我依舊沉默寡言，也很少與同學互動。交到了生平的第一個女友後，每天除了上學就是跟女朋友膩在一起，生活平淡無比。不知不覺中就把最後一年高中草草的唸完。

長大要做商人？

老媽離開後，我看報上廣告，找了一間車庫隔出來的小套房，一邊上課一邊學著自己過生活。有一回姑媽來看我，回去跟老爸說Alan多可憐，一個人住車庫裡。但我一點都不覺得可憐，我現在可是個大人耶，可以愛去哪裡就去哪裡，想做什麼就做什麼，I am calling the shot and I am living my life。

從小不斷面對不穩定的生活，讓我很少去想未來的事，更談不上會有任何規劃。從上國中起唯一的夢想是長大後要打職棒，但隨著身體的狀況每況愈下，怎麼吃體重都不增加，打棒球的夢想顯得不切實際。除了打棒球之外，我從來沒有認真考慮過自己長大後要做什麼，記得國小作文好像寫的是要當工程師。我自己都搞不清楚為什麼要上大學，自然而然對上大學沒有感到絲毫的期待，所以並沒有積極的申請學校。這對在台灣明星高中教書的老媽而言，簡直是不可思議！她的學生在我這個年紀早已積極的規劃著自己的未來，自己的兒子卻每天遊手好閒。於是老媽又趕緊飛到美國，硬是押著我把大學申請表填好寄出去之後才放心回台灣。

收到入學通知後，因當時的女朋友也申請到同一所大學，兩個人就學著老美，把全部家當塞進我的小車子裡，然後開開心心地一路從舊金山一起搬到俄勒岡大學。當初不清楚自己的未來要做什麼，申請學校時隨便填了商學系，因此糊裡糊塗的就進了商學院。

尋找認同與出路

美國大學小鎮的生活實在平淡無比，大學四年，除了課業，生活倒是悠哉輕鬆。平時不外乎就是交女朋友、上課、考試，偶爾去中餐館吃不中不西的中國菜，放假時結伴去road trip，到美國各地旅行。

大學四年中最大的收穫應該是我的中文進步很多。在美國，台灣留學生不可避免的還是會跟同鄉比較親近。雖然很多人都認定我是ＡＢＣ，但因我的中文講得還不錯，也比較能被台灣來的同學接受。畢竟我拿的還是中華民國護照，大學四年中沒認識幾個白人，反倒成了道地的老中，跟著台灣來的學生度過了四年的大學生涯，這是我第一次真正感受到自己的身分被認同。

從小到大最困擾我的是被問到：「你從哪裡來的？」

雖然從小在國外長大，但我從沒在一個地方久待到會有認同感，我跟朋友們沒有共同的文化背景與記憶。雖然我住在美國的時間很長，當我碰到美國人時，我不是美國人。碰到台灣人，他們也沒辦法從我的口音中分辨出我到底是不是台灣人。遇到真的ＡＢＣ時，他們會很興奮的告訴我他們是從加州某某城市來的，但當我說我是從台灣來的時候，他們會一臉困惑的看著我。

我的語文能力也面臨同樣的錯亂。我說的英語雖然標準也沒有特定的口音，但我的文法卻不怎麼標準，老外沒辦法從我的英文分辨出我是從哪裡來的。我的中文閱讀能力比我的英文閱讀能力快，但是我卻不太會寫中文。只要有人看到我寫的中文字會馬上笑出來：「你寫的字好可愛喔！」因為我的中文書寫能力還停留在小學五年級的程度。小時候學過的法文、西班牙文、非洲話與日文，現在一種也不記得。

認同感一直是我最大的問題，我的語言與文化背景上讓我很難在任何地方找到認同。現在的我喜歡說「I am from Taiwan.」雖然我與在台灣土生土長的小孩在觀念和文化上還是有些差異。但畢竟這裡是我出生的地方，是我熟悉的土地。在國外住了那麼多年，我沒有習慣國外的生活，反倒是回到台灣才找到認同感。

頭兩年的大學唸得漫無目的，沒有目標也沒有任何理想，生活只是過一學期算一學期。我在大學第一年，糊裡糊塗的唸了半年的商學系後就決定打退堂鼓，因為我對數字一點概念都沒有，每次看到一堆的圖表與數據就讓我頭痛。第一年因為修了一堂日文課，心想讀個日文系應該滿有前途的，第二年一口氣修了所有日文系相關的課程包括日本文學、日本美術史。但是到了學期結束時，才猛然發現周遭的同學都已經在用流利的日文聊天，而我還要想老半天才能勉強的擠出完整的句子。經過這些短暫的嘗試後，我才稍微開始意識到情況似乎不妙，困惑的我只好不斷的打長途電話給老媽開始討論我未來的出路。

無條件的愛與支持

靠著老媽往前走

在我們心目中，老媽最偉大的成就不是暢銷作家也不是什麼婦運領袖，而是她在培育我們兄弟與眾多學生時所給予的無限關懷與用心。從創業到現在的過程中，有無數受過她教導的學生主動伸援手幫助我，他們個個都是社會菁英，由衷的感謝他們給予我的協助。這些學生們都曾經受過老媽的指導而找到自己生命中的方向，因此會永遠記住老媽的教誨。相同的，在迷惘的過程中，我也是靠著老媽的支持與愛才找到屬於自己的方向。

大二結束的某一天，突然心血來潮想去美術系走一走，逛著逛著就看到正在進行的素描課。看著一堆人在一間骯髒的教室，坐在畫架前面上課，心中有感而發。我和弟弟從小就會畫畫，我們既沒上過任何美術課也沒學過畫，所以從來不覺得會畫畫是什麼了不起的事。或許畫畫對我們來說就像是呼吸與吃飯一樣自然，也從來沒想過要以藝術為生。

雖然隱約覺得學藝術讓我心動，但是心中依然很掙扎。真的要當個窮畫家搞得自己每天三餐不繼嗎？我雖然會畫畫，但還沒偉大到願意為藝術犧牲！那年的夏天我跟老媽反覆討論這個問題，她花了很多長途電話費向我分析，解釋給我聽學藝術的利弊，我永遠記得她說過一句話：「你只要考慮清楚，就算有一天你為了自己的選擇需要啃饅頭度日時，依然不後悔的話，你就去做你喜歡的事。」

「但是難道我不用考慮現在比較夯的行業嗎？大家都跑去學電腦程式，因為以後好找工作呀！」

「你大可不必盲目追逐潮流，因為世界周遭的改變不是你可以預測的，但我知道若你做自己喜歡的事會讓你快樂，做讓自己快樂的事，成功的機率會更大。」

那年，知名舞台劇「貓」剛好到學校巡迴演出。老媽得知後要我一定要去看。那時只知道「貓」這齣戲好像滿有名的，心想暑假沒事去看看也好。我到現在都記得很清楚那晚的演出，因為那天成了我生命中最重要的一天。

知名舞台劇的演出當然吸引人，但更讓我難忘的是我感受到的能量。我一面看著演出一面算著他們一天演兩場，一場西岸的巡迴演出至少也要好幾個月。我想起老媽說的話，領悟到這些演員對表演工作必須有異於常人的執著，才能讓他們日復一日演出同一齣戲碼而依然散發出那麼強烈的熱情。雖然日後有機會再看到「貓」的舞台劇，卻無法再感受到當晚那種澎湃的熱情。

散場後，整個人情緒興奮又激動，因為我知道答案了。我迫不及待的趕回家打電話告訴老媽我的決定。一星期後我完成所有的手續，從大三開始轉入美術系。

我媽真厲害

每一年老媽都會抽空利用暑假的時間飛到美國來陪我。老媽除了嘮叨與督促外，更不放過任何教育的機會。暑假的午後，母子兩人租了很多老片子像費里尼的「八又二分之一」，黑澤明的「七武士」與希區考克的「後窗」，老媽會一面看一面介紹每部片子給我聽。

在美國的日子，最大的開銷就是長途電話費。在那個沒有MSN或SKYPE的年代，平時只能透過電話與老媽聊天，電話中她總是很有耐心的給建議，跟我談人生道理。母子兩人透過電話討論文學，哲學，藝術；從日本物語到家康，從柏拉圖到佛洛伊德的精神分析，從聖經到文藝復興的藝術。

只要我有疑問，一定可以從老媽身上找到答案。那時候覺得老媽博學多聞，無所不知，也因此啟發我開始大量閱讀，吸收知識，立志有一天也要像她一樣博學多聞。當然長大後也知道老媽不是無所不能。

以身作則就是老媽的教育理念。多年來，她一直堅持身教重於言教。雖然我們相隔兩地，真正生活一起的時間更是少得可憐，但是我們從她的身教學到的比她嘮叨的教誨來得多。從舊金山重逢後，她對我們毫不吝嗇的付出，栽培我們兄弟不遺餘力。我與她之間很少有親密的言語，但她給予我們的關懷與愛，讓我們對自己充滿信心與安全感。

謝謝老媽！妳的關心我們都收到了！

要唸就唸最好的

半途轉進美術系，我開始在剩下的兩年努力學習。積極的選課，從基本繪畫、攝影、油畫、雕塑、版畫到動畫我統統不放過，暑假期間邊修課邊到遊戲公司實習。畢業前已經參與過兩款遊戲製作，作品分別獲得I.D.雜誌年度最佳網站獎及入選在SIGGRAPH（美國數位圖像協會）的盛會展出。這些小小的成果雖然讓自己更有信心，但是也發現到兩年的課程似乎不太足夠。

跌跌撞撞的唸完了四年大學，而且在這過程中找到自己的路，但我還希望到一家設計學院去深造，畢業前我向老媽提出申請設計學院的想法。老媽對教育費從不吝嗇，不過設計學院學費不便宜，其他開銷更是無從計算，因此我跟老媽協議我只申請當時排名第一的羅德島設計學院，若我如願申請到就讓我唸，沒有的話表示我的天分不夠，也不用去其他學校唸了。雖然老媽同意了，但我知道她心裡一定在想：「我去哪裡賺這麼多錢給他唸這昂貴的玩意呀！」那時心裡只有個念頭：要唸就唸最好的，No point for second best。我是個好強的人，選擇只申請一家學校，其實只想證明自己的能力，若落榜也不過是如此。

但要在短時間內有任何驚人之作是不太可能的，我從自己僅有的一些功課中拼湊出一個還算過得去的作品集，匆匆忙忙附上申請書寄出去。

感謝老天爺的眷顧，沒多久就收到入學通知。

幸福的動畫

任性的休學

從小除了繪畫，我也喜歡敲敲打打做東西。設計雜誌看多了，自然就夢想能成為家具或汽車設計師，因此決定朝工業設計發展。進入羅德島設計學院工業設計系時，我才發現課業競爭非常激烈，因為能夠在年紀輕輕時就知道自己要做什麼的學生都會非常努力的學習。學校非常重視基本訓練，學生一定要親自動手做過才能瞭解各種材質的特性。第一年上課我吃足了苦頭，上鐵工課，怎麼壓都壓不出我要的形狀；上木工課因為我會過敏，一把眼淚一把鼻涕的鋸木頭；一整天的設計理論也上得頭昏腦脹。我開始質疑我真的適合走設計這條路嗎？雖然熱愛藝術跟設計，但是我慢慢領悟到喜歡跟以此維生是兩回事。

一天傍晚，坐在設計桌前苦思如何設計出更好的水瓶時，我最討厭的一個老師來巡視學生狀況。他的名字現在已經記不起來了，只記得他是個很龜毛，態度高傲的老師。他一開口問我有沒有問題時，我一下子就把自己的煩惱跟疑惑統統說出來。他還沒聽完就打斷我，然後很不耐煩的把我唸了一下。他說他不是來幫我解決人生疑惑的，他彎下腰來靠在我的桌上說：「你聽好，人生就像是品嘗美食一樣。當你面前擺了一百道菜，你怎麼知道你最喜歡的是哪道菜呢？你一定要嚐過每道菜比較後才會知道哪種是你最喜歡的。說不定你吃到第九十九盤才發現第一百盤才是你最喜歡的。」

他說完掉頭就走了。當下我只覺得這個老師怎麼這麼討人厭，學生跟他訴苦，他還不客氣的藉機修理學生一頓，頓時覺得沮喪。

但那天晚上的當頭棒喝，我永遠記在心裡了，到現在我都牢記他的話，也身體力行。我不斷的嘗試，從沒畏懼挑戰，因為只有不斷的去嘗試，我才會離自己的目標更近一點。我受惠羅德島設計學院的教育，它對我的影響深遠。除了設計，它更教會我如何用一個設計師的態度去面對人生的挑戰。

經過那晚後，我越來越清楚自己並不適合唸工業設計。從小玩到大的我需要做一個跟好玩相關的事情，同學們知道我的決定後都想鼓勵我不要放棄：

「你剩一年就可以拿到學位了，現在放棄太可惜了！」

「你很不夠義氣，大家同期的應該要團結一起畢業。」

理性的去看待，我確實應該忍個一年，拿到學位再去做其他事，但我不改任性的個性還是辦了休學。當初單純的認為，既然我不喜歡當學生，休學去找事情做也可以讓老媽的負擔輕一點，況且若真的不喜歡工作的話，還是可以再回來唸。萬萬沒想到，離開後就再也沒回去了。建議年輕學子們，若碰到類似我的情況，千萬不要像我這麼任性。近幾年，工業設計在台灣變成了熱門行業，現在回想起來，當初我若沒中途放棄而成為一個工業設計師，現在是不是會有不一樣的人生呢？

想當初……Well! Too late for that!

工作時段跟酒店小姐有點像……

有了在俄勒岡的經驗，休學後我順利在波士頓一家小有名氣的動畫公司Olive Jar找到一份實習工作。第一天報到，主管就丟給我一只貨車鑰匙，任務是到市中心拿蛋糕，到停車場找到龐然大物的貨車開門後心裡一陣心寒，居然是手排車！心想上一次開手排車是在南非，而且還是一台迷你車。但是又不想讓主管覺得我連拿個蛋糕都不行。我硬著頭皮戰戰兢兢的一面開著大貨車，一面看地圖，在人生地不熟的波士頓市中心找路，千辛萬苦把蛋糕送到後，才知道原來是幫老闆慶生。

每天到公司的例行公事就是到各部門詢問是否有工作要幫忙，通常都被指派去掃地或是運貨。在那個電腦動畫還不盛行的年代，動畫師每天會產出大量的圖稿，影印這些圖畫變成實習生最主要的工作之一，每一天我會負責按鈕，另一個工讀生負責送紙，兩個人就從下午一點站到五點，在影印機旁重複一樣的動作。部門主管偶爾會讓我幫忙製作一些簡單的動畫，往往這樣就可以讓我開心一整天。

現在回想起來，那時候的工錢雖然少得可憐，卻是我學習收穫最多的一段日子。Olive Jar製作的動畫包羅萬象，從傳統的偶動畫、手繪動畫到電腦動畫，代表作是幫MTV製作一系列的黏土動畫。Olive Jar位於哈佛的郊區，不起眼的外觀看似一個工廠，但是走進去後卻像個大型兒童樂園，每個部門都是一個主題樂園。從黑麻麻的電腦動畫部門後方可以直接到達燈光刺眼的攝影棚，動畫師正在拍攝一堆大型偶動畫。攝影棚的後方是專門打造偶動畫用的骨架鐵工室，隔壁則是烘焙室，在這裡可以看到動畫師如何用矽膠製作偶的身體，再通過一扇門就可以進入堆滿一疊一疊手稿的手繪動畫部門。雖然我不是動畫系畢業的，但這段日子提供了我完整的動畫基礎訓練。

不久後，我成了壽命最短的實習生，因為公司發現我會電腦動畫後，立即升我為正式員工，讓我參與環球影城的浩克動畫專案。當時的案子分為兩班制，身為新人的我自然被分派到晚班，每天下午五點從羅德島開一個小時的車程到波士頓上工，凌晨四點收工後再開車回羅德島，工作時段跟酒店小姐有點像。一路從美國做到回台灣自己創業，熬夜跟超時工作好像永遠都跟動畫畫上等號。

老媽送我的最重要禮物

在所有藝術裡，動畫確實是個很昂貴又辛苦的創作工作，其他藝術家畫一張就可以賺錢，我們一秒鐘卻要畫三十張，從投資報酬率來看，動畫這門藝術實在不怎麼划算。但是一旦完成後，看著圖畫在螢幕前鮮活起來時，帶給我無比的快樂與成就感，足以讓我一直持續的努力做下去。

回台灣前，我對台灣的動畫產業一無所知，回來後才發現工作選擇並不多，待過兩家公司後決定自己創業。因為我發現台灣其實充滿了有才華、有天分的年輕創作者，但是大家都苦於產業的不完整、電影產業萎縮、市場太小等問題而沒有發揮的機會。創業的初衷純粹是認為或許我可以盡一份力，試試看讓台灣的創意有機會在國際上發光。我深信台灣的原創設計絕對不會比歐美國家遜色，憑著這股不服輸的個性，我成立了公司專注於原創動畫開發並開始向國外推展。

很幸運的在公司成立兩年半後，我們以「微笑的魚」奪得柏林影展的評審團等大獎受到國際上的肯定。「微笑的魚」雖是個短片，但它的成功完全符合當初設定的目標。對我而言，更重要的是我們成功的結合了台灣的創作家與動畫，使它在國際上受到矚目，也更證明我當初創業的想法是正確的，當初的願景成真，遠比任何的獎項來得有意義。動畫是個昂貴又花時間的行業，它不是個短期暴利的行業，但是一旦能成為一個成功品牌，它的長尾效應與文化影響力是不可忽略的。

想起小時候躲在光線昏暗的租書店裡看漫畫的光景，曾幾何時，過去被大人視為不務正業、讓小孩墮落的動漫畫，隨著時代的改變，不知不覺的成為這幾年很熱門的職業。

我不知道什麼是最夯的最流行的行業，我覺得自己只是比較幸運能夠很早找到我真正喜歡的事情。相較於過去的環境，現在不必擔心學藝術只能當窮畫家，現在的家長對子女學設計與藝術也從排斥轉為支持，學生們擠破頭想要進入設計學院，因為當設計師、藝術家似乎有種令人羨慕的光環。

從事創作型的工作其實是很辛苦的。我自己在學校教書看到太多學生，因為喜歡玩電玩或是愛看動畫跑來唸設計，但是當他們發現動畫原來是這麼辛苦的創作時，大部分人都沒有足夠的熱情支撐他們繼續往下走。要進入設計或是藝術相關的產業需要對設計與藝術有相當程度的熱忱。我從來都不覺得自己是在工作，因為創作已經是我生命的一部分。我常問自己若不從事動畫，那我會做什麼呢？答案很簡單：「我還是會做動畫，除了喜歡之外，我也不知道自己還能做什麼其他工作。」

正如老媽當初說的，與其擔心哪種行業最能賺錢，不如多花一點時間讓孩子去摸索、去嘗試。身為父母親，幫助孩子找到自己的興趣就是父母送給子女人生裡最重要的禮物，其他的就不用操心了。他若走上自己有興趣的路，He will just do fine in life!

家到底是什麼

記憶中的家

從小到大，家到底是什麼？家到底在哪裡？一直是我無法回答的問題。因為從有記憶以來，對家的記憶就非常模糊。

對家的定義，眾說紛紜，有些人說只要有家人在的地方就是家，有些人覺得要擁有一棟房子才是有家。小學課本裡寫著：「我家門前有小河，後面有山坡，山坡上面野花多……」

若事情是這麼單純該有多好。

小時候從來沒想過這問題，一直要到長大後才開始慢慢發現，我對家的定義似乎跟別人不太一樣。從有記憶以來，我們的家庭就是父親是父親，母親是母親，我沒有一家人一起吃飯的記憶，沒有一家人出遊的記憶，也沒有逢年過節家人團聚的記憶。為了寫這本書，我到處搜尋兒時的照片，希望能從僅有的幾張零碎的合照裡喚起一些記憶，但有我們一家四口一起的合照實在太少，加上從小漂泊不定，勾勒不出任何家的畫面。家對我而言不過只是一個落腳的地方。

每次和新朋友第一次碰面時，一定會被問到：「你是從哪裡來的？」

我常常都要愣一下，想一下怎麼回答才能簡單又容易讓對方明瞭。

假如我說美國，下一句一定是：「美國哪裡呀？」接下去就要開始解釋為什麼我在美國住過那麼多城市。

若我說台灣，他們會說：「你的口音聽起來不像台灣人呀！」然後我又要解釋為什麼我的國語不像台灣人說的。

不會想念沒擁有過的東西

回台灣十年了，到現在，我還是沒找到這個問題的標準答案。

大學時的女朋友對巧克力過敏，我常問她：「妳不會想念巧克力的味道嗎？」她回答：「既然很少吃巧克力又怎麼會想念它的味道呢？」她的回答令我想起自己的處境。也對，一個人怎麼會去想念一個從未擁有過的東西！所以當別人問我：「難道你不想要擁有自己的家庭嗎？」

我會反問：「你怎麼會想要一個你從來沒有過的東西?!」

顯然我對家的理解是很陌生，我怎會知道我想不想要一個幸福美滿的家庭？現在真的有一個家，我說不定還不知道怎麼去面對呢。

回顧自己成長過程中，才驚覺自己某些行為似乎透露了內心對家庭的渴望。

從小我一直都習慣把在不同國家生活有紀念性的小東西保留在身邊。這些雜七雜八的家當就被我存放在三個鞋盒裡，跟著我到處漂泊，雖然現在回台灣定居，這些東西依然被放在鞋盒裡。或許沒有一個固定的「家」，意味著沒有一個可以搜尋回憶的地方，我又怕會遺失過去的記憶，所以這些小東西變成了保存回憶的一種方式。

每次到了節日的時候，看著同學或是同事都趕著回「家」，才發現我好像沒有一個「家」可以回去。這時候我會問自己，我的家在哪裡呢？老媽在台灣的家？老爸在蘇俄的家嗎？南非？加勒比海？好像都不是。

不知道是不是因為家從來沒提供給我安全感，還是自己真的太愛玩了，從小就不喜歡待在家裡，能在外面晃多久就盡量玩多久，一定要等同伴們都回家了，我才會帶著弟弟回家。懵懵懂懂的小Alan在自己的家中找不到家的感覺，很快學會去找家的替代品。幸運的是，不論到哪個地方我都會交到不錯的朋友，透過與朋友的家人相處，似乎可以滿足自己內心的缺憾。

別人家的溫暖

在台灣除了奶奶家與老媽家兩頭跑，最常去的就是阿玉家。阿玉的兩個兒子成了我最好的玩伴，我們不但玩在一起，吃喝拉撒也在一起。印象中，阿玉的家不大，但很熱鬧，一家六口加上我們兄弟倆厚臉皮常賴著不走，顯得格外擁擠。阿玉的家當然比奶奶家好玩，在那裡我們不但有玩伴，還可以把阿玉當媽媽一樣黏著她。生病時，我會賴在阿玉家讓她照顧我；傍晚時，我們興奮的跟她的兒子一起到門口迎接阿玉的先生返家；睡覺時，我們兄弟不肯回家，硬是要跟阿玉的兒子一起擠上下舖。現在想起來真可笑，搞不懂別人的爸爸下班回家，我們兄弟在興奮什麼？在此要感謝阿玉當年對我們兄弟的包容與耐心。

在南非，我們很快的與鄰居的一對兄弟變成好朋友，哥哥Robert成了我的死黨。Robert一家四口感情和睦，令人羨慕。當醫生的爸爸Lappy身材壯碩，年輕時當過拳擊手，唱歌劇的媽媽瑪格麗則美麗又溫柔。因為是鄰居，我跟Robert幾乎是形影不離，下課後，第一件事就是往他家跑。我喜歡他們家裡的氛圍，瑪格麗媽媽與Lappy在我們的面前總是表現很恩愛，對Robert與Reggie兄弟倆更是倍加疼愛。在南非的兩年中，我幾乎天天到他們家報到，瑪格麗媽媽總是面帶笑容大方的歡迎我，我特別喜歡瑪格麗媽媽，她喜歡笑嘻嘻說我也是她的兒子，然後叫我給她一個擁抱，讓我感到無比的溫暖。

有時候放學比較早，我會跟瑪格麗媽媽一起等他們兄弟放學。兩隻獵狐犬一聽到他們兄弟下車的聲音，馬上邊吠邊跑到鐵門口，瑪格麗媽媽則會站在大門口迎接他們。瑪格麗媽媽總是會備好點心等他們兄弟返家，若我跟弟弟也在的話，也會有我們一份，現在我還常會想念瑪格麗媽媽做的番茄果醬土司配上一杯咖啡的下午茶。

週末時，我們會游泳，開車兜風，打打網球，Lappy會在戶外烤南非道地的boerewors（香腸）招待我們，玩累了就睡在他們家。睡覺前，瑪格麗媽媽一定會陪著Lappy到房間跟我們道晚安後，才放心的回房就寢。放假時，他們會邀請我們一起去度假，Lappy開車帶我們到德班（Durban）去衝浪，到太陽城去看拳擊比賽。

記憶總是美麗的，兒時玩伴的家或許已經被我美化了，但為什麼我對別人家的記憶清晰，對自己家的畫面卻很朦朧？回顧起自己如何藉由其他人的家來滿足自己的欲望，才知道自己內心其實還是渴望擁有一個幸福的家。

習慣流浪

十七歲離開南非後，我就一直過著獨立的生活。在美國不知不覺的待了九年，還是難逃流浪的命運；從舊金山、俄勒岡、羅德島、明尼蘇達到波士頓，這段我稱作「自由的年代」逼迫我快速成長，變得獨立與積極。但在這九年中，我不但沒有融入美國的生活，反而更覺得自己是個outsider。九年的自由獨立伴隨的是心裡深層的孤單與寂寞，每當我回顧這段時間時，最令人難忘記的其實就是那種孑然一身、孤零零的感覺。

剛搬到羅德島設計學院時，沒有家人在身邊也沒有很多朋友。第一個學期結束後即是感恩節與聖誕節，大部分的學生都忙著返家過節的事情。羅德島設計學院位於Providence，一個充滿古典氣息的老城市，校區附近多是維多利亞風格的建築，道路也大多是cobble stone砌的，晚上走在微弱的街燈下，以為時光倒流，彷彿回到十九世紀的倫敦。冬天時大雪紛飛，更是顯得特別冷清。放假前我會算好有多少天要熬過，先去百視達租好一堆電影，再去超市買一堆冷凍食物，以陪我度過這些應該與家人團聚的節日。

開始工作後，情況並沒有好轉，社交圈反而變得更小。我發現繼續留在美國，我已經可以預期未來會是什麼模樣：努力工作，在郊區買棟房子，每天開車進城工作，下班後再開回郊區，週末可以去超市或是購物中心逛街。若成家了，星期六應該是帶孩子去上中文課，星期天跟其他華僑搞個ＢＢＱ家庭聚會，這樣的畫面像ＤＶＤ一樣，一直在腦海中重複播放著。

對許多人來說，這樣的生活聽起來不賴呀！但這不是我心目中的「家」的感覺。對一向習慣了自由的我而言，個性中充滿矛盾與衝突，對家庭既渴望又害怕。我想要安定但又習慣流浪，在任何地方待太久後，會有一種窒息感，生起想要到處跑的欲望，偏偏我最恐懼坐飛機，長途飛行是能避則避，只要想到坐飛機，又會告訴自己下次再說吧。我渴望家庭但又習慣獨立，成長的過程練就我獨立的個性，我習慣與自己相處，不擅長處理親密關係，想到成家就會有一種莫名的不安，我該如何著手建立自己的家庭？我可以適應結婚的生活嗎？光想到未來老婆家裡一拖拉庫的阿姨、叔叔、嬸嬸、阿公與阿嬤們，又要讓我開始拉肚子！

安全感的來源

與老媽重逢後，我慢慢的發現原來有個老媽的感覺還真不錯。老媽愛子心切，她為了我要上哪所大學著急，她關心我們未來的規劃，她嘮叨我們要注意身體健康，母親的嘮叨與關心對別人或許是稀鬆平常的事，但對我卻是新的發現。老媽很少把「愛」掛在嘴邊上，但她一切的所作所為都讓我們兄弟第一次發現有老媽的愛原來是這麼溫暖，這麼有安全感。

在美國，有位離過婚的黑人同事安東尼問過我：「你的父母親也是離婚的，你覺得我應該要怎麼做才能讓我的女兒們不會覺得她們跟別人不一樣呢？」我回答：「離不離婚並不重要吧！最重要的是你現在怎麼對待她們。你只要繼續用心的呵護她們，給她們滿滿的愛，她們會一樣過得快樂幸福。」

家的定義應該是什麼？我沒有答案。但我確定一件事情，父母的愛對孩子有長遠的影響，在充滿愛與安全感的環境長大的小孩，會成為健全、樂觀且充滿自信的人。我看過太多不用心的父母，比起金錢與物質，愛心才是父母親送給小孩最可貴的人生禮物。若所有的小孩都可以得到無以倫比的愛，那「家」在哪裡還會重要嗎？

當我領悟到老媽的心，我覺得我應該回到一個屬於自己的家，回到一個可以認同我的地方，我迫切需要感受到有家人在身邊的安全感。當老闆聽到我的簽證到期要離職時，很驚訝的問我為什麼沒有要求辦工作簽證，我笑笑說因為我知道美國不會是我的「家」。

我選擇回台灣，當然是因為老媽在那裡，我也很誠實的告訴她，她是我安全感的來源。

老媽的小狼狗

當小狼狗的好處與壞處

「我要不是養我兒子，一定會養一堆小狼狗讓自己爽歪歪。」

老媽常喜歡在電視上大剌剌的這樣說，秀一下自己前衛的思想與辛辣的談話。不過她身邊真的有很多「小狼狗」，可惜她沒錢養小狼狗只能收養。為人師表的她在全國最有名的男校教書，藉職務之便，長年累月下來還真的收養了不少小狼狗。

年輕時的她，貌美加上思想開放自由，自然吸引不少少男們跟隨。她愛護學生，稱這個叫兒子，那個也叫兒子，每次逢人就說這是我兒子。搞到現在，還是常常聽到有人說：「我認識施寄青的兒子呀！但好像不是你喔！」當我自我介紹「我是施寄青的大兒子」後，若對方一臉疑惑，我會再補充一句：「我是親生的。」

老媽對學生從不吝嗇，不論在金錢上、感情或工作上，只要學生有難來找她，她一定不顧一切的幫助他們，她對學生的關心不遜於對親生兒子。也因為如此，這些學生哥哥們到現在依然很挺老媽，甚至在我創業的過程中，都靠這些受過她恩惠的大哥哥們一路大力相助。在我們缺席的那些日子裡，多虧有這麼多「小狼狗」在老媽身邊照顧她。

我們從小到大沒在她身邊，沒機會當她的兒子，讓我們內心覺得滿愧疚的。我與弟弟一直都小心翼翼的尊重母親，因為我們都知道她愛子心切，所以對於她的要求，我們也都盡力而為。或許這樣讓我們覺得至少有盡力做一個孝順的兒子，所以說我們是老媽的「小狼狗」一點都不為過。當小狼狗有好處也有壞處，老媽雖然對外宣稱她從不干涉我們的生活，但護子心切的她怎可能不管？在所有的事情裡，她又偏偏最關心我們的感情問題，對外她是婦運領袖，思想前衛開放，但當她變成媽媽時，可就沒那麼大方了，跟一般媽媽沒兩樣，一天到晚嘮叨這嘮叨那，對我們的女朋友們更是嫌東嫌西。

以前仗著自己是前衛的女性主義者，她一天到晚都在我們耳邊嘮叨：「你們呀！要找老婆就要找個像我的女人，學歷好，能幹又會賺錢。」

這老媽很勢利現實喔！通常我會頂回去：「找那麼聰明的女人要幹嘛呀！每天像妳一樣在耳邊碎碎唸嗎？又嫌這個又批評那個的，多煩人呀！」

她聽了不爽，母子之間就開始你一句我一句的，最後她說不過我們，覺得我們不可理喻之後，總是氣呼呼的留下一句：「你們到時候娶個不能幹的老婆，一天到晚給你找麻煩時，可不要來找我！」

然後把頭撇一邊去。

傳統文人當感情顧問？

老媽把我們母子間對愛情看法的差異，歸咎於我們從小受國外教育又沒被她教導長大，但我覺得這跟我是不是在國外長大一點關係都沒有。她自認是婚姻諮商的權威，又是思想開明的母親，怎麼可能跟我們之間會有這麼大的代溝呢？

一直想不通自己的老媽怎麼可以當感情顧問，在我們眼裡，老媽根本就是一個沒什麼感情經驗，觀念傳統的女人。你們要找她諮詢感情問題，還不如找我呢！她是一個現代知識份子，也是傳統的文人，她對自己的品德要求非常高，這也影響著她對婚姻的態度。骨子裡她還是用非常傳統的標準去看待一段婚姻關係，所以當父親違背了這樣的標準時，她感到很大的失落感與被背叛感。她在婚姻中受到的創傷也間接影響到我們的感情關係。雖然她嘴巴上說得很漂亮，她從不插手兒子們的感情，實際上，在不知不覺中還是會插手，從不經意的對我們交往中的女朋友評論，到近幾年她開始接觸靈異方面的事後，還會用神道設教。一開始我還沒驚覺到她的手段，但經幾次爭執後，慢慢發現她其實只是用別種方式來干涉。我們當然知道她基於愛子心切，希望我們不會重蹈她在感情上的覆轍，怕我們在感情路上受到傷害或傷害別人，所以試圖介入。

女人男人懂不懂

以前弟弟很喜歡跟老媽辯論，男人為什麼要幫女人開門的事。

「妳不是說男女平等嗎？幹嘛要我們男人幫妳們開門！提行李也要我們男人幫妳們提！女人現在不是很厲害嗎？那妳們應該自己提呀！」

「男人幫女人開門是gentleman的行為，這是體貼跟禮貌。」

「這不合理呀！妳不是一天到晚說男女怎樣怎樣的……」

老弟吵不過她，最後不了了之。

下次在東區時注意一下在路上漫步的情侶，女人走得輕鬆自在，男伴跟在一旁提著女用的GUCCI或是LV包包，這是多麼不協調的畫面。女人愛買包包就叫她們自己揹，幫她們提包包只會讓她們變本加厲。很多男人都被教育成誤認為幫女人揹包包是體貼的行為，拜託男人們醒醒吧！那只是女人用來哄你的手段。永遠要記得，女人比男人聰明，她們的手段可比男人高明多了。若男人還不懂得捍衛自己的權益，女人就喜歡把我們當小狼狗牽在街上走。

為了寫這本書，我到書店想找一些有關兩性關係的書，結果發現清一色都是教女人如何對付男人的書。看看女人多麼渴望馴服男人呀！女人裝出楚楚可憐的樣子，男人只能俯首稱臣。

這世界是怎麼了？怎麼都沒人教男人如何對付女人呢？怎麼沒人關心男人需要的

是什麼？男人也是有感情的動物，需要被關懷體貼的呀！既然要我們當個小狼狗，好歹也要關懷一下我們的內心需求。女人一天到晚抱怨男人不懂女人的心，她們對我們又有多瞭解呢？

李敖大師見過我後，開我老媽玩笑說：「妳兒子是生來破壞妳在女性主義運動成就上的人。」

用光異性緣

老媽最感冒的就是我的異性緣比較好，常常酸我。

不知道是不是因為沒有媽媽在身邊，我對異性的知識真是少之又少。雖然國外的男女關係比較開放，同學們很早就有交女朋友的經驗，我倒是沒什麼機會交女朋友。在加勒比海時，同學們都是黑人，雖然我能跟他們打成一片，但從審美角度來說，黑美人還是不太能吸引我。到了南非，一個號稱種族歧視嚴重的國家，我又是讀男校，雖然曾認識一個白人女孩，只是談過那種連手都沒牽過的純純的愛，後來她父母知道我是亞洲人後就不讓她跟我見面，所以那段關係並沒有持續多久便不了了之。我對異性的瞭解並不像大部分人認為的，在國外長大的小孩就比較開放。說起來也矛盾，雖然我有個號稱離婚教主或感情專家的老媽，但她對我們這方面的教育其實是很少的。

「我的quota都給你用光了，難怪老娘都沒男人緣，拜託你不要浪費太多時間在女孩子身上好嗎？」老媽抱怨道。

「我搞不懂，像妳才結過一次婚，又沒交過多少男朋友，怎麼會有人來找妳這個沒太多經驗的人諮詢？妳只會在電視上說什麼女人應該綁個自慰器在身上，一面開快車一面讓自己爽歪歪！什麼跟什麼嘛？俗話說『會叫的狗不會咬人』，妳就是那個只會嘴巴上說說又不敢去做的人。」

「哼！你怎麼知道我不敢？那是因為我不屑浪費寶貴的時間在男女關係上，我把我的小愛化成大愛來幫助更多人。」老媽強詞奪理。

「多一點感情經驗才不會像妳一樣，受傷一次後就憤怒一輩子。」這句話每次一定會讓她火大。

「那是因為我看多了才能給客觀的建議，我會憤怒還不是因你老爸……」然後又把老爸背叛她的事數落一遍。

其實我們算是很聽話的小狼狗，除了偶爾會為了感情事情跟她吵一吵，其他事情，只要她吩咐，我們還是乖乖去做，大概這樣才讓我們覺得多少能彌補從小沒在她身邊的缺憾。我們兄弟平常都是做一個孝順聽話的小狼狗。

我們母子間真正住在一起的時間並不多，因此有一種不同於常人的關係。老媽很疼愛我們這兩個小狼狗，但我們又常覺得彼此之間不是很熟。我想我們都同意不太瞭解對方，這個功課或許要一直做到我們都老了還不一定做得完。

女人心太恐怖

這幾年，她開始接觸靈異，我們一直是她的白老鼠。以前她為了推動女性意識跑遍全台灣，現在為了尋找高人，不只走遍台灣，還到世界各地去。我們到過台灣各式各樣的廟，見過各種男男女女從老到小的通靈者，跟三太子喝過酒，也與濟公聊過天。老妖精精力充沛，玩得不亦樂乎，不但架設網站，還準備發展成事業。我們做兒子的樂觀其成，至少她過得開心充實，不像很多年紀大的父母親常把子女盯得喘不過氣來。

最近老媽跟一位師父去美國住了一個多月，回來後打電話給我，劈頭就說：「師父說你們找老婆要找個沒腦袋有福報的，個性賢慧的比較好。」

「看吧！早跟妳說過了，聰明的女人才是麻煩咧！她們既然聰明能幹，怎可能賢慧體貼？現在光是要找會煮飯的女生比中樂透還難，還要賢慧體貼才見鬼咧！要是找個像妳的，才真要倒楣一輩子，亂恐怖的！身為男人自知敵不過女人的聰明，所以還是找沒腦袋的比較單純。」

既然逃脫不了身為老媽的小狼狗命運，那就乖乖聽話囉！至少老媽以後不會再強迫我去當另一個女人的小狼狗。

還是師父比較瞭解現代女人的恐怖。

我老媽很犀利嗎？

老媽犀利的形象在台灣是眾所皆知的，我們從小在國外，沒看過她在電視上的霹靂發言。觀眾喜歡她的前衛言論，在我們看來，她只是喜歡作秀搞怪三八而已。

我老媽到底哪裡犀利？她根本是個愛嘮叨、管東管西的老媽子，我們最怕跟她住一起，一到晚上九點，她就開始唸唸有詞：「你怎麼還不睡覺？」

「等一下嘛！現在才九點呀！」

十分鐘後，「趕快把電視關掉，去睡覺。」

「好啦！再十分鐘。」

五分鐘後，「早點睡，對身體好。」

「哪有人這麼早睡的呀！」她會不厭其煩一直唸到我們乖乖的上床熄燈才罷休。

姑姑曾偷偷告訴我，老媽剛嫁給老爸的時候，早上出門後還會跑回來，因為兩腳穿了不同的鞋子出門。嘴巴上總是說不打扮是因為把錢都給我們唸書了，但是私底下老媽本來就不愛修邊幅，外出不化妝，頭髮梳梳就出門，還好現在沒看過她穿著兩腳不同的鞋子出門。

看《PLAYBOY》的慘案

我回台灣後，很快學會不要透露太多私生活給老媽聽，免得被她拿去消費。我常說我們家沒有什麼事是家醜不可外揚，因為家裡所有的醜事都被我老媽拿去消費。全家人都知道不可以透露太多自己的私事給老媽，免得自己又不知道會出現在哪篇文章中。看看我老爸，有時候還真同情他，當初一定沒料到娶到這個老婆，一輩子都難以逃脫她的手掌心。

剛回台灣時，對什麼事情都感到很新奇。同學找我聚一聚，帶我去喝酒，就是有小姐要你賞杯酒的那種地方。那時覺得新鮮，無意間跟老媽提了一下。幾天後，陪老媽去參加一個支持公娼的活動，她在台上滔滔不絕，我躲在觀眾後方聽著已經聽過好幾百遍的話。突然她話題一轉：「台灣有哪個男人不會去找妓女或是上酒店，你們看看我兒子。」指著台下的我：「上酒店有什麼大驚小怪的，他才剛回台灣，連他都去過酒店……」

在台下的我聽到不妙，想要溜出去時，才起身就聽到轟隆隆的聲音，現場的婆婆媽媽全都轉過來笑嘻嘻的盯著我，真是情何以堪呀！想躲都來不及，在眾人注目下，我只能尷尬的向大家揮揮手微笑，心想：「算妳厲害！每次都拿兒子來消費，以後有機會我一定要報仇！」

有次在便利商店看到中文版的《PLAYBOY》，好奇台灣的《PLAYBOY》開放尺度有多大，就買了一本。回家後撕開塑膠包膜，才翻到前幾頁就看到有老娘照片的專訪，心想：「有夠衰的，本想好好大飽眼福，竟看到自己老娘的照片，做為男人還有比這更悲慘的事嗎？」

看了老媽的照片後，性趣全消了。

解放女人

回台灣後有一段時間是在晚晴協會當老媽的助理，跟著她全省趴趴走。老媽為了提升婦女意識，平均一年有二百多場大大小小的演講，不論邀請的地方有多偏僻，金額有多少，她都義不容辭的帶著助理前去演講。老人家的體力比我們年輕人好太多，她好像有用不完的體力，總是精神抖擻的快步走在前面，我在後面扛著兩大袋書努力跟上她。我們坐著火車走遍各大鄉鎮，她在台上演講，我們在台下擺書攤叫賣她的書，然後坐著夜車回台北。有一次，老媽望著自己映在烏漆抹黑的車窗上的面容，自言自語：「日復一日的從火車的窗戶上看著自己從年輕變到老，這樣的日子不知道還要多久？」

我聽了覺得很感傷，因為我永遠不會知道老媽是怎麼度過兒子不在身邊的那段歲月。

在晚晴協會打工的日子裡，也讓我見識到我老媽怎麼解放這些老女人。在婆婆媽媽會員們的固定聚餐中，只有我一個男生，她們的談話我通常插不上嘴，所以只有低頭吃我的飯。老媽最喜歡在餐桌上高談闊論女人對性的需求。

「我們哪需要男人呀！有一種按摩棒可以綁在大腿上，連手都不用，開關打開保證讓妳爽歪歪。」老媽誇張道。

「妳自己真的用過嗎？」有人懷疑道。

「當然囉！我一定是自己覺得好用才會推薦給妳們呀！」老媽說。

「跟我那個老公離婚後，就沒再想過這件事耶。」有人喳呼道。

「我之前只用過按摩棒，那個蝴蝶的沒看過耶！長什麼樣子？」又有人問道。

婆婆媽媽們妳一句我一句的熱烈討論，桌上的飯菜已經沒人碰了。我低著頭猛吃飯，不以為然的看著十幾個老女人高談闊論，我猜應該沒幾個人會真正買回家用，大家只是打打嘴砲，倒是我可以買來跟女朋友玩玩看。

老妖精不愛煮飯

有一陣子，老媽一直鼓吹女人應該要能夠接受姐弟戀，男人可以找年輕妹妹，為什麼女人不可以？表面上好像思想開放，骨子裡根本擺脫不了舊觀念。既然老媽不敢做，那就由兒子來實踐她的理念吧！我交了一個比我大很多的女友，結果她緊張兮兮的，生怕她的寶貝兒子被熟女吞了。

外人眼中的離婚教主，在我們兄弟眼裡不就是個愛作秀的老妖精嘛！既然是老妖精，她不但是個強勢的母親，更有嚴重的偏執狂。她感興趣的事包羅萬象，從婦運、減肥到通靈，只要有興趣，她會追根究柢的把每件事研究得很透徹，還不忘把我們也拖下水。看在外人眼裡，這女人根本就是怪咖，我常想老媽怎麼不能安分一點，有時候若能像個傳統的媽媽也不錯呀！

某一天心血來潮，我決定試著跟老媽撒嬌。

「妳不是常說妳很會燒菜嗎？我回來後都沒吃過媽媽燒的菜耶！我都沒有享受過那種回家可以吃媽媽煮的飯的幸福感。」

這招還真的奏效，老媽聽了後，愣了一下隨即就說：「我的手藝當然好，以前當外交官太太的時候，人人都稱讚我有多能幹！」

吃飯那天，她從傳統市場拎了大包小包回來，在廚房忙進忙出。雖然她嘴巴上沒說什麼，但我知道她應該忙得不亦樂乎，因為我這兒子居然會跟她撒嬌。她一面端菜，一面唸唸有詞，魚要怎麼煎才會剛剛好，青菜不能炒太久才不會老……原來傳統的媽媽應該是長這樣子嗎？飯桌上，母子兩人沒有什麼令人掉淚的對話，但在那短暫的時光裡，我們彼此重溫了一下「兒子回家吃媽媽燒的菜」的幸福戲碼。那頓飯真的很特別，因為到目前為止，也就只有那「一百零一次」。

要老妖精乖乖當個煮飯婆，不是跟要了她的命一樣！

阿嬤減肥成功

一位學生兒子以前開老媽玩笑，說她過馬路時像個皮球滾過街。人老了體重不免會上升，但老媽對這玩笑卻是很在意，決定要減肥。當她決定要完成一件事時，她會努力不懈直到達成目標。大家應該還有印象，幾年前電視上有個阿嬤開新書發表會，穿著泳衣在鏡頭前賣弄風騷，那個性感阿嬤就是我老媽。那時候，老媽透過一個醫生，以吃泡麵喝汽水的快速減肥的方式，一下子減了十多公斤，迫不及待地要出書與大家分享她的瘦身成果。老人家年紀越大越不害臊，一通電話就要我準備相機幫她拍照。等我扛著單眼相機到她家時，開門迎接我的是一個穿著泳衣外加絲襪高跟鞋，脖子還圍著一個花領巾的阿嬤。在老媽家裡看她開心的擺出自以為撩人的姿態，還自豪的說：「怎麼樣？我的身材和你女朋友比也還算不賴吧？」

看在老人家的份上，又不能潑她冷水，我硬著頭皮一面幫她拍一面附和道：「是呀！是呀！妳的身材真的不賴。」邊拍邊想：「這是什麼跟什麼呀！」

馬上一個畫面閃過腦海。日本A片封面標題「老女人的渴望」，情節是個變態的年輕傢伙在幫老女人拍照，然後就被……

這種高難度的照片，看來還是交給更專業的攝影師來處理。

這世界上應該很難再找到這麼犀利又三八的老媽，她的嘴巴雖硬但她心地善良，熱愛助人，擔心我們兄弟之餘，更憂國憂民，關心社會，幫助弱勢。看在她是個偉大的母親分上，我們勉強可以容忍她喜歡語出驚人、三八搞怪的個性。

又是男人的錯

聽媽媽發洩

每當有機會，老媽總是不厭其煩的批判老爸，不論是在公開場合或是對我們兄弟，對老爸的指責都是不遺餘力。我只要有替老爸說話的意思，通常也會引起她激烈的反應。她的指責會不斷讓我充滿罪惡感，我們兄弟怎麼可以幫父親說話。

「你們以為你爸不說話就認為他比較像個君子嗎？他不吭一聲是因為他根本沒有盡到做父親的責任！我是個負責任的母親，我當然會抱怨！」她氣呼呼說道。

「你們兩個當初若不是我接手，你老爸會關心你們的未來嗎？當初簽離婚協議時，他答應會負責扶養你們到大學畢業。結果你看，還不是把你們丟回來給我？」

我與弟弟總是默默的讓老媽發洩她的情緒，不會回應也不會幫腔，因為她這些話已經說過上百次了。她永遠在提醒我們應該要站在她這一邊，因為這一邊是屬於正義的一邊。從小到大，這些已成為一種無形的壓力，與父母親之間不能暢所欲言，因為我們永遠要小心的在老爸與阿姨面前不提起老媽，在老媽面前也不要提起老爸，儘可能去避免一些不必要的敏感話題。

每次聽到某一方批評另一方時，心裡的第一個念頭只有厭惡，只覺得為什麼這些恩怨永遠沒完沒了！他們之間的恩怨又不是我造成的，難道只因為他們是我的父母親，所以我必須要選邊站嗎？像台灣的社會，非藍即綠，大家都要注意自己的言論，以免被批評不愛台灣。

看過我們母子上電視的人都會說：「妳這兩個兒子一點都沒繼承到妳的口才，他們兩個太溫和了，沒有妳的強勢。」

我心裡只有一個想法：那是因為老媽的話千篇一律，我們聽得耳朵都長繭了，還有什麼好回應的？我們乖乖的坐她旁邊，微笑點頭就夠了。

女人注定是贏家

從小到大，聽著老媽不斷的批評男人：男人總是不負責任、男人喜歡搞外遇、男人總是沒辦法管好自己的小弟弟、男人其實很懦弱等等。青少年時還會告訴自己，長大後一定要以老爸為誡，不能成為第二個他。

長大後，聽著歷任女友不斷的批評自己：你根本不用心、你根本不愛我、你就是很自私的男人等等。我每次都很努力的希望自己在女人眼中會是個好男人，但是每一次交往的過程中還是不斷招來批評與抱怨，最後只好放棄當女人眼中的「好男人」。

我最痛恨去大賣場，因為那是個讓單身的人不自在的地方。但是在賣場，我卻領教到女人的本性。

有天開車進入停車場，遠遠就看到一個空位，連忙把車頭轉向空位，猛踩油門衝向前去。眼看著就要到達目的地，突然從車陣中冒出一個婦人，腋下夾著廉價皮包，小快步的衝到空位中，緊張兮兮的揮著她那短胖的手，生怕在遠處開車的老公沒看到她。

「好！算妳厲害，欺負我單身一個人。」我狠狠道。

終於找好停車位後，推著一個大到不方便行動的推車，準備進入賣場。除了要忍受混亂的人群，與讓腦袋揮之不去的Elevator Music外，前面一家人老的帶著小的一字排開，我只能慢慢的跟在他們後面。小男孩一下子大聲尖叫：「我要買這個！」媽媽吼回去：「要死呀！買那個幹什麼！」媽媽頭一轉，對著手裡拿著東西的老公喊：「你要買那個幹什麼！每次買了又不用完……」老公默默地把東西擺回去，還是不能讓那位媽媽大人停止碎碎唸。

看到前面這位媽媽，令我毛骨悚然。眼前的景象真是有夠恐怖的！

我突然領悟到原來男女之間的戰爭，男人根本就贏不了。女人對男人的批判跟抱怨永遠都不會停止。

新世代的女人變得更自主更有權力，但對男人的批判依然不減。女人已經習慣把兩性關係的失敗統統怪罪於男人。身為婦運領袖的兒子，我理當對女人的思維應該更瞭解，更能與她們溝通；不幸的是，我畢竟還是個男人，在經歷過幾段感情後，得到了一個結論，從亞當被夏娃騙去吃蘋果後，我們男人就注定贏不過女人。

女人總是將兩性關係的不協調歸罪於男人，到現在，女人還擺脫不了把自己當作是弱勢、受害者的角色。現在的女人獨立又自主，但又不斷的利用自己的弱勢威脅男人。

每一段感情結束後，留下的不是甜蜜的回憶，而是那些女友厭惡的表情和毫不留情的抱怨與批評。每一段失敗的關係，也把我的信心一點一點的摧毀。這些女人，讓我認為自己完全沒有能力與她們建立良好的關係。有一天，我回頭審視每一段關係，發現這些前女友們跟我分手後很快就有新歡，這時我才恍然大悟，她們對我的指控其實只不過是藉口罷了。

女人長期以來不只把男人騙得團團轉，還讓我們誤以為自己真是罪該萬死。

男人不管怎麼配合，努力改進永遠都不會讓女人滿意。所以俗語說「Be yourself」，真的是給男人的最好建議。

女人的分手伎倆

弟弟有一次問老媽：「若我以後有外遇，妳會站在我這一邊？還是站在我老婆那一邊？」

「這還用問！當然是幫你老婆說話呀！」

弟弟又問：「假如是我老婆搞外遇呢？」

「那我還是會站在她那邊。」

弟弟一臉錯愕，大聲反駁：「怎麼有這種事?!我又沒做錯事，妳怎麼可以幫我老婆？」

老媽：「你老婆會偷人表示你的小弟弟沒用，所以還是你的問題！」

女人就是女人，永遠都是歸咎男人的錯。老媽自認她為女性爭取權益，讓男女更平等，不過她生了兩個兒子，我們不但沒享受到她的功德，還飽受女人欺負。

女人對男人的抱怨永遠一籮筐，而且千篇一律。

「他不夠愛我！」

「他根本就沒關心我的感受！」

「他從來都不懂我的感受！」

「他從來……」

長久以來，外遇與劈腿都跟男人劃上等號。

我一直搞不懂的是：雖然男人外遇劈腿不對，但是跟男人搞外遇的是誰呢？不就是女人嗎？這代表有多少男人搞外遇，也有相對數目的女人當第三者。既然女人也是共犯，她們怎麼不自己先檢討一下？

現在的女人劈腿的比例大增，功力更勝過男人。我老媽被背叛一次就可以痛恨男人一輩子，現在換我們來承受被女人劈腿的痛苦。以前的女人碰到外遇，不是一哭、二鬧、三上吊嗎？現在的女人把男人甩掉，碰到男人苦苦哀求時，她們會帶著一副嫌惡的表情，嘲笑男人為什麼那麼不理性，「拜託你！像個男人好嗎？」

男人要劈腿好歹還會隱瞞欺騙，現在的女人都是大方的劈腿，她們毫不忌諱的告訴你，你只是她眾多男人之一，她們不一定會主動，但你若合她們的胃口，男人是多多益善。記住！劈腿不是漂亮女人的專利，現在的男人可憐到只要能被女人挑中就感天謝地了。

「我對你沒感覺了！」

「感覺不一樣了！」

「你從來都不瞭解我的感覺！」

女人是重感覺的動物，因此在一段關係中，她們最關心的還是她們的感覺。若事情不是順著她們的感覺走，她們會很快找到另一個聽話的男人。多數的男人誤以為只要乖乖的做牛做馬，當個聽話的情人，女人就會死心塌地的跟著你。

「因為你對我不好，我才會被××先生追走。」

「因為你對我不夠好，所以我也應該要給別人機會。」女人是靠感覺的，感覺對了，什麼都ＯＫ！

這些都是分手後放的馬後炮。當女人厭倦男人時，她們會找盡各種理由把所有的錯都推到男人身上。她們會對你洗腦，讓你認為她們的離開都是因為你沒有努力，因為你沒有用心，當她們一面歡天喜地投入另一個男人的懷抱時，一面還要把罪惡感留給你。

男人真命苦

女人非常認真的研究男人，她們細心的分析與觀察男人，一切都是為了能夠有效率的控制我們。書店裡琳瑯滿目的書籍，充滿對男人的歧視，書裡寫的不外是「怎麼對付男人」、「為什麼男人永遠不會瞭解女人」、「如何讓男人為妳死心塌地」。這些作者把男人當作是一種滿足女人需求的工具，怎麼沒有人寫「我們男人需要什麼？」、「女人真的瞭解我們嗎？」……

我找不到教我們怎麼對付女人的書呀！

女人從來不承認她們是自私的。她們從來不會直截了當的提出她的要求，因為那樣會讓她們顯得太小家子氣，但她們會有一大堆冠冕堂皇的說詞：

「我要找個會照顧我的人！」代表專車接送上下班是最基本的。

「我要找個體貼我的人！」代表你要有錢，因為有錢才會有閒情陪她喝下午茶。

「我要找個細心的人！」代表逛街時，你不但要揹自己的背包，還要提她的包包。

「我要找個很man的人！」代表你在床上要夠猛，但是出外要像紳士。

現在有公主病的女人滿街都是，在她們眼裡，男人只不過是滿足她們需求的工具。

這年頭的男人真的很可憐，每次看到「蠻牛」廣告都會感同身受。現代的男人真

的很辛苦，不但要有錢有勢，還要能雌雄共體、剛柔並濟外加有心電感應，才能讀懂女人的心。女人對男人嫌東嫌西，要求永無止盡。女人要男人多金但不能花心，女人要男人溫柔體貼但不能太娘，女人要男人體格健壯如〇〇七丹尼爾奎格才叫man，還得風趣幽默有才華才能取悅她們，每天一瓶「蠻牛」根本不夠嘛！

女人也該負責任

我常說老媽的婦女運動只做了一半。父權社會裡對女性的歧視正在慢慢消除中，但是男人對女人的責任卻沒有因此減少。女人對男人的要求不但沒有減少反而變本加厲。女人口中喊著男女平等的口號，要求廢除舊時代對她們不利的條件，卻不願意放棄對她們有利的條件。若男女真該平等的話，為何男人普遍還是被賦予養女人的責任呢？在父權社會裡，男人有養女人的義務，因為女人沒有謀生的機會，現在的女人在職場上的表現比男人更亮眼，但她們擇偶的條件依然比照舊時代。有能力的女人希望她的另一半在經濟、社會地位上要跟她匹配，沒能力的女人也要她們的男人多金、體貼。

現代女人多數是以物質金錢來衡量男人對她們的愛。

買鑽石給她代表你喜歡她。

買車子給她代表你愛她。

買房子給她代表你非常愛她。

假如你什麼都沒有買而對她說：「我愛妳！」說到你嘴巴脫臼，她都不會相信你。

有能力的女人看不上我們，沒能力的女人也看不上我們。女人不說，但是男人都心知肚明，口袋裡沒幾個錢，女人根本懶得理我們！

老媽告訴女人，男人愛不愛一個女人以三件事來評量：一、是否與她同床共枕？二、是否告知去處？三、最重要的是否給錢？即便三者具備都未必是真愛，何況三者不具備呢？我就不知道我們男人該拿什麼來評量女人愛不愛我們了。

現代女人充滿矛盾，一方面喊著女人要自主，要經濟獨立，但實際上大部分的女人依然認定男人該為她們的生命負責。男人什麼時候被賦予這麼重大的責任？當初不是夏娃勾引亞當偷吃蘋果的嗎？怎麼到最後都是男人要負責任呢？結婚意味著男人需要養女人，而這個責任並沒有在離婚後消失。現在賺錢辛苦，女人沒錢可以找男人要，男人沒錢只好找媽媽要。

現在的女人這麼勢利現實，男人應該要好好問問自己：婚姻對我們到底有什麼好處？

什麼！親密關係？

安全感與歸屬感的重要

「你媽是施××喔！那你一定是個不婚主義者囉？」

父母親離婚並不代表我會反對婚姻，疏離的親子關係只是造成我對婚姻或親密關係的概念很陌生。

老爸與老媽都不是善用言語表達情感的人，二十幾年來更是王不見王，互不往來。兩位老人家對自己的親密關係都還有很多功課要做，更何況是對兒子的關係。他們鮮少與我談論他們之間的事情，老爸是絕口不提過往的事，老媽雖然老是掛在嘴邊，但多屬耍嘴皮子。兩個大人與我們的關係不算親密，甚至有點疏離。

以前總覺得父母離婚有什麼大不了的，難過什麼呢？又不是死人了，只是分開而已，日子還不是過得好好的。況且他們有權利選擇自己的生活，我也有權利選擇，以前很排斥去瞭解他們的問題，因為他們不把我牽扯進他們的恩怨裡，我就可以避免不必要的壓力。

雖然透過催眠看到自己的記憶中充滿被遺棄與被背叛的感覺，但我一直深信我沒有活在父母離婚陰霾下。直到經歷過幾次失敗的感情，我才慢慢開始省思自己的親密關係到底與我父母親有何關聯。當我開始誠實面對自己的過去時，我才發現自己難逃父母親的影響，因為每一次在處理感情問題上，我的行為模式其實都與內心的恐懼息息相關。

在一個沒太多大人關心的成長過程中，我和弟弟變得非常獨立，我們從小就知道凡事要靠自己，碰到情緒問題，沒人在身邊安慰時，就要學著把情緒往肚子裡吞，自己慢慢去消化不滿的情緒。長大後，我們學會不隨便表露自己的感情或情緒，對我們的親密伴侶而言，這無形中成了一種防護網讓我們難以接近。

其實真正對我們造成影響的不單單是父母親之間的恩怨或離婚事件，我們對發生在大人之間的事情早已記憶不清。成長在不同的家庭裡，面對漂泊不定的生活形態，導致父母親輪流在我的生命中缺席。這些持續變化與不穩定是造成我缺乏安全感與歸屬感的原因，老爸老媽在小時候的心靈已經變成了不可靠的代名詞。

安全感與歸屬感對健全人格的發展非常重要，大多數的離婚父母親常忽略了這些。小孩必須要無時無刻的感受到愛，他們需要知道他們是受到保護的，安全感不是帶孩子買買玩具、出去吃喝玩樂就可以滿足的，無時無刻的關心與愛護才是安全感的來源。

有位單親媽媽每天晚上費心安排請家教來給兒子補習功課，她自己則利用晚上出門跟朋友聚會或是打麻將。我好奇的問：「雖然有家教給他補習，但妳不覺得自己應該要多待在家陪他嗎？」

「有家教在呀！他忙功課，我在家又幫不上忙。我在家無所事事，他還嫌我囉嗦，不如利用這時間跟朋友聚聚。」

我心想，其實她不知道自己的存在就代表了安全與穩定。就算她晚上跟兒子說不到幾句話，但光是她在家這件事，就足夠讓小孩的內心產生莫大的安定感。很多影響往往要到孩子長大成人後，開始面對自己的感情與家庭才會顯露出來。像我自己一直要到三十歲後才學會正視自己的心態，並逐一找出在成長過程中造成我人格特質的關鍵因素。

擁有美麗回憶已足夠

「到底什麼才是親密的關係？」對我來說是一頭霧水，從小到大的生活形態導致我們兄弟沒有很多機會與其他人培養深厚的感情，我始終無法掌握與人相處的細膩與微妙之處，特別是在愛情中。我常懷疑是否因為從小沒人教導我們什麼是愛，所以當我不管是面對感情或是親情時都顯得非常笨拙。當愛情關係需要更進一步的親密時，我反而變得更退縮，因為害怕失敗。

如何建立親密關係一直是最令我困惑的事情，過去的每段感情都飽受另一半的批評。

「我永遠都不知道你在想什麼？」

「為什麼我們之間總是好像有面牆？」

「你真的很難讓人接近！」

心理醫師王浩威笑我根本是潛意識的逃避親密關係，他分析我會害怕是因為信任與背叛是一個銅板的兩面。好的親密關係是建築在信任與責任，但相對的，當有一天遭到遺棄時，失落與被背叛帶來的傷害也會更大。在潛意識裡，我會不自覺心生畏懼，啟動一種自我保護的方式，讓伴侶難以接近。結果導致一種惡性循環，當我越不願意面對更親密的關係，對方越會覺得我不夠愛她們而離去。回想起每一次分手的原因好像都是如此。

開始檢視自己的感情後，才發現自己在處理親密關係時顯得十分笨拙，因為父母親的「遺棄」在內心留下揮之不去的陰影，因此把自己的感情寄託在另外一個人身上顯然對自己不利，害怕失去與失敗讓我對親密關係卻步。每當一段親密關係發展良好的時候，腦袋裡總會有一個聲音警告自己：

「我有能力維持這個關係嗎？我會與我的父母親不同嗎？」

「對方會不會因為我做錯了什麼，就輕易選擇離開呢？」

克服對親密關係的障礙，特別在處理與女人的關係，成了我的人生課題！還好我並沒有因為有個強勢老媽而對女人反感；相反的，我欣賞女人的美麗，渴望與她們有良好的關係。追求女人，我會；但與女人相處，我卻不會。

在現在的社會中，實在不敢對親密關係有所期待，書市中有不少教人如何經營親密關係的書，然而全球各國離婚率仍然節節上升。不少所謂的婚姻顧問、專家都是理論大師，但他們自己都搞不定他們的親密關係。

我在寫這本書前看了不少有關婚姻、親子的書，書中立論都能言之成理，但我很清楚他們提出的方法若有效，離婚率不會一直飆高。

在感情上，我特別重視信任與忠誠。當然，很多人會說愛情理所當然要有信任與忠誠，但在現實的社會裡，有多少男人與女人真能做到呢？當你濃我濃的時候，信任與忠誠都很容易做到，但當感情碰到困境時，還有多少人能始終如一？

自己在感情的路上跌跌撞撞，我劈過腿，也被劈過腿，交往過比我年紀小的，也交往過比我年紀大的女人。也許我該改變心態，應該勇敢的去嘗試與我喜歡的人建立親密關係，成功固然可喜，失敗亦可喜，後者的機率當然會大過前者，但至少我曾經愛過，也被愛過。我應懷抱感恩的心，謝謝對方肯跟我「華山論劍」，謝謝對方曾經愛過我，讓我有不少值得回味的甜蜜時光，光這些回憶已可堪告慰，何必要求十全十美呢？

我可以當個好爸爸

周遭的朋友們常質疑我根本就不是個當爸的料，所以斷定我不適合結婚。聽到他們這樣形容自己，不免會對自己質疑：

「我可以當個好父親嗎？我能保證自己不會像老爸嗎？」

MAN OF THE YEAR
HERO OF HEART!
SURFING THE WAVES
SINCE 1971

「我連和自己的父母親都不知道怎麼相處，成家之後，若還多了另一半的父母親，這不是要我的命嗎？」

但有時候仔細想想，或許正因為經歷過這樣的成長過程，我反而能當個好丈夫與好爸爸，我會希望自己的小孩永遠都不需要感受到我們兄弟心裡的那種恐懼與不安全感，所以我肯定會加倍努力的當個負責任的父親，因為我相信I can do better！

母親是河流〈送給老媽的話〉

老媽有一堆的缺點和言行不一致的地方，但她給我們的愛是無庸置疑的，小時候因分離而感受不到，這十年來，她用行動來讓我們知道她愛我們。

由於她支持我們創業，讓她晚年還兩袖清風，我很怕失敗對她難以交代。有次，我工作壓力大到跟她訴苦，說弟弟如何不肯跟我同舟共濟，還有一大堆的問題等等，老媽在電話另一頭聽完後說：「Alan，不管你失敗或成功，你永遠是我的寶貝，OK？不必有任何壓力，我只希望你們兄弟快快樂樂過一生，我從不期望你們成龍成鳳。」

在柏林影展得獎後，記者訪問我，當他們知道老媽是默默支持我們的人，她要我形容母親跟我的關係，我說，對我而言，母親像河流，也許我不常看到河流，但我可以感受到河流緩緩流過我的心田。

我應向母親看齊，學習做個勇者，不管在創業或親密關係上，應有屢敗屢戰的精神。至少在這一生中，有個女人無怨無悔的愛我，那就是我的母親，難道這樣的愛還不足以支持我衝破所有人生的困境嗎？

ERIC

PART THREE

不只是母親，更是「施老師」

當初若不回老媽身邊，絕不會有今天的人生；
我們大概不會讀大學，不會發揮我們的藝術長才，也不懂什麼叫哲學，
我大約只比文盲好一點，也不會領略文學和藝術的美，
更不會去探討人生的意義。

——段奕德——

關於童年

死老外

我是根香蕉，不過別想歪了，我知道台灣有句罵人的話叫「爛蕉」，我也知道香蕉的象徵，沒錯！我當然是有香蕉（那話兒）的男人。不過我所謂的香蕉是指外黃內白的華裔美人，用另一個流行的名詞來說就是ＡＢＣ（American Born Chinese）。

ＡＢＣ當然有好有壞，辣妹一聽到ＡＢＣ，兩眼就亮起來了！有次去pub，看到一個超辣的妹，便過去跟她搭訕說：「我是ＡＢＣ。」我知道來pub的女孩首選是老外，其次是ＡＢＣ，台客門都沒有！她冷冷看我一眼說：「你一口流利的國語，少騙人了！」我差點要掏出護照來驗明正身，但我沒有那麼做，我有必要冒充洋貨來把妹嗎？也難怪我的表哥來台灣快十年，還不會說國語，他在美語補習班教英文，閒來沒事到pub晃晃，不會說國語是正點，會說國語只會壞事，何況是流利的國語。

剛回台灣時，還遇到不少計程車司機會問我是否從國外回來，如今我越來越台，還有司機一上來便跟我說台語，管我是否鴨子聽打雷。

因為我是在美國出生的，家裡唯一的「外國人」就是我，所以常常被罵：「你這個死老外！」

老媽常批評我：「你說好聽點是跨文化，會說全球兩種最主要的語言，說不好聽是個不中不西、不華不夷的半吊子。」

唯一看了會哭的電影——ＥＴ

六歲多的時候，記得老媽帶我們去看「ＥＴ」，我竟然當場在電影院哭了！現在回想實在想不出當時為什麼會哭，才六歲什麼也不懂，難道是因為以前喜歡小動物，所以看到ＥＴ被人虐待時就想哭？

或許是ＥＴ長得實在太醜了，連我都同情他？

總之，就不懂為什麼會哭。

老媽把它解釋成我一定是常常想媽媽，所以跟ＥＴ一樣想回家而哭。然後她就會拿出一些心理學的道理，和潛意識有關的一大串專有名詞，說得沒完沒了，搞得我都懶得再想為什麼了……

之後就再也沒看過一部電影會讓我流淚。

聽說Steven Spielburg打算要拍「ＥＴ」第二集，或許我會再次流淚吧！

刷牙

小時候比較沒人管，平常自然不會刷牙，有一次，記得好像是下午放學後，牙齒實在太痛了，結果一刷，媽呀！牙刷都是黃的！再怎麼刷還是黃的！

心想怎麼辦呢？只好問老哥，當然他又不是牙醫，怎麼會知道怎麼辦呢……這下真的是慌了！結果還是乖乖的打電話給老媽，那時也記不得為什麼沒找老爸，可能是打電話到他的辦公室，他還是會叫我們打給老媽吧。

等一下！我們確實是打電話給老爸，而他也確實叫我們去找老媽，老媽當然立刻帶我去看牙醫。

被猴子抓

記得國小放學等老媽來接時的空檔很無聊，只好跟學校裡養的猴子玩，想說好心給牠一點麵包吃，誰知道這忘恩負義的傢伙馬上就從我手上抓過來，由於出手太快，猴子把我的小指頭給抓破了！不用說，我痛到馬上嚎啕大哭！好在我哥在旁邊，把我拉開，然後帶我去給護士阿姨看，我哥好像還拿樹枝去打那隻猴子，算他有良心。

芭比娃娃

記得小時候我通常都不太會堅持要什麼東西，人長得不怎麼樣，又排行老二，還敢任性什麼？

但有一次跟老媽還有老哥去百貨公司的玩具店，看到芭比娃娃我就很想要，真不知是為什麼，但我就哭著說要，Alan就一直嘲笑我說那是給女生玩的！

要買書真是
我們有個
真討厭
哥哥說
來我們
在看電視
真可惡
在怎麼
想要
好多
生日
謝謝您
傷心、嗎
還有一
多小朋友
想買的三部模型
好嗎?

或許我覺得空手回去太不爽了，總之我就是要啊！但我又想了一想，或許男生沒事還是不要玩女娃娃好了……所以我就拿肯特娃娃，雖然是娃娃，但至少是個男娃娃！

老媽二話不說便買給我，成年後提到這事，她說她買給我，是希望我日後成為一個疼愛孩子的好爸爸，哇勒！她也未免想太遠了吧！

成龍加林憶蓮

老媽說我在幼稚園睡午覺，醒來時哭著找媽媽，我一點也不記得這件事，我只記得不想午睡便張著眼，但因我的眼睛是瞇瞇眼，老師根本不知道我沒睡覺。我媽常開玩笑說林憶蓮是我姐姐，成龍是我叔叔。

她這樣說是因為我不但眼睛小，鼻子也大。

連我女朋友們都不敢相信一個人的眼睛可以這麼小！

前一陣子不是有一個廣告是關於男主角的眼睛跟洋芋片的2mm厚度一樣大嗎？這樣子說，你們就應該知道我的尊容如何了吧！

奶奶

奶奶在二〇〇八年五月過世，她過世前三個月，哥哥去看過她，她告訴哥哥對我很抱歉，以前她對我很不好，很沒耐心，因為我太愛哭了。老媽說奶奶十分偏心，偏愛哥哥，對我很壞，不過她要我打通電話給奶奶，感謝她在我們小時候帶我們。老媽說：「人之將死，其言也善。」奶奶大限已到，所以要我在她死前安她的心。

我記得奶奶真的很兇，我常被賞巴掌。老媽說我從小就會看大人臉色，知道奶奶不喜歡我，對我不耐煩，所以常拍她馬屁，替她拿皮包、拎高跟鞋，讓她不好意思打我。沒想到我竟然是那麼狗腿的人，真是難以想像。

說實話，我並不覺得奶奶對我不好，大人們偏心哥哥，也許是實情，但我不記得了，所以我也不會怨恨他們，這也許是記憶不好的好處。我只記得奶奶看電視時，馬上就會呼呼大睡，我記得我常常會觀察她，因為她的頭都會一直轉，我覺得很神奇。

什麼！只有一台坦克？

有一次老爸買了個遙控坦克車給我們玩，我們非常興奮，老哥當然是搶著先玩，我不知為什麼不爽（可能因為老爸沒買兩台……），就決定要展現我的不滿，用力踹坦克車一腳表示我的抗議，結果可能太用力了，直接把砲管給踩斷了！我一見惹禍就躲進房間，當時只覺得哥哥是老大，本來就該受寵，但是我也想玩啊！

學校對面的天堂

小學時唸的武功國小對面有家文具店賣模型，我跟老哥一放學便往那兒跑，那裡是最吸引我的地方。反正要等公車，不如先進去逛逛吧！

老媽說我小學一年級就會自己坐公車，從萬盛街坐回新店明德新村的奶奶家，她說我們兩兄弟很怕被遺棄，所以從不曾走失。是嗎？我只覺得自己亂能幹的，竟然這麼小就會坐公車，畢竟我那時還不認得字。

只能當女超人……

我還記得我跟照顧我們的阿玉的小孩，一起去看當時很轟動的「中國超人」。看完電影後，我們當然也想當超人，但是沒有服裝怎麼當超人？我就想到把洗碗用的塑膠手套戴起來當超人，玩得不亦樂乎。只是……通常洗碗用的塑膠手套只有黃色跟粉紅色的，穿起來還滿娘的。

不識相的小毛頭們

小時候我們常常跟阿玉的小孩一起鬼混，還在家附近的加油站放鞭炮玩火，有一次我們拿了一堆鋼彈模型假裝跟他們開戰，用沖天炮來模擬火箭炮，最後把全部的模型都給炸掉了，不用說，這都是Alan的鬼主意！還有一次晚上覺得冷，我們就直接在加油站旁開始生火，加油站的人還跑來趕人，真刺激！

沒辦法，下午放學真的是沒大人管，老爸都是很晚才回家，奶奶也是六點以後才會在。阿玉也得在家打掃，放學到晚餐這段時間，我們只好自己想辦法找樂子。

我們做小孩時跟現在的小孩真的是差很多，現在的小孩簡直跟大人一樣忙！一整天的schedule都排得滿滿的……我真不知道應該羨慕他們還是同情他們。

跟屁蟲

放學後通常我跟我哥都是無人管的野孩子。有時候真的很無聊，我跟我哥就跑進工地去找樂子，還用廢料桶當溜滑梯，從二樓滑下來。我記得常常天都黑了，我們還在裡面鬼混，現在回想起來，發覺以前的我們還真大膽！反正都是跟老哥，他帶我去哪裡我就乖乖的跟吧！

我會騎腳踏車也是哥哥教我的，我摔了三次才學會，小腿都刮傷了，真不知這是聰明還是遲鈍。

Fight Night

老媽跟老爸吵架的事我並沒有多少印象，只記得有一次他們兩人吵架，老媽硬要開門讓我們聽，老爸堅持要關門，僵持不下。我們兄弟倆很無奈，因為……不能看卡通影片！老媽卻不記得有這回事。他們鬧婚變，我們最開心的事莫過於可以看電視的卡通影片看到爽為止，奶奶也管不動我們，我們只有在看卡通影片時才會安分點。如果不是「無敵鐵金剛」、「科學小飛俠」、「小英的故事」這些卡通影片，我和哥哥日後也許不會學藝術，不會搞動畫，因為看卡通是我們童年最快樂的回憶。

離開媽媽

老爸再婚，被外交部派到海外，還有老媽問我們要選擇跟誰，這些事我都不記得了。那時候因為小不懂事（晚熟？），或許也不想懂事……我不記得這些事，可能因為那時候我根本不知道發生了什麼事，何況我記得那些事又要做什麼呢？我只知道要跟老哥，就這樣，再怎麼用心理學去解釋說我是故意遺忘的都沒有什麼意義啦。

加勒比海的美好時光

不認輸

我們跟老爸和阿姨搬到加勒比海的ST. Christopher and Nevis島，剛去時因為大使館還沒裝修好，只能先住旅館，在島上認識了唯一的東方人楊家，楊家的兩個兒子年紀跟我們差不多大，所以之後我們都玩在一起。

有一次阿姨煮蝦煮得很好吃，楊家的兒子Charlie吃很多，我吃不多，阿姨就用激將法，激出了我的好勝心，開始拚命吃，吃到想嘔吐，害我現在都不喜歡吃蝦。

Do you speak English?

我們在島上學的是我媽說的「爛英文」，因為島上居民全是黑人，他們講的是黑人英語，不講文法也不講時態，而且講快一點的話，正常人可能會覺得我們在饒舌。

其實那時候有請家教，只因平常同學們都是這樣說，所以沒有學到「Proper English」。

我記得最經典的一句就是「What's up man?」現在聽了可能不怎麼樣，但當時我

們要是在台灣這樣說，可能會被認定是神經病吧！

被逼出來的運動員

住家旁邊是俱樂部，裡面有個網球場，還有一片空地。Alan那時候迷上運動，他本來還考慮以後去打職棒，各種運動他都會嘗試，一下是網球，一下是美式足球，因為在那島上實在是沒什麼有趣的事可以搞，所以只能玩運動類的遊戲。但我比較懶，每次都只想看電視或打電動，所以不想陪他。我那時開始打電動，玩的是電動玩具的祖師爺Atari（英寶格），後來是任天堂插卡機，雖然不能跟現在的PS3比，但我還是玩得不亦樂乎。Alan對電動比較沒興趣，所以聰明的他就威脅我如果不跟他玩，他就摔我做的模型，我只好乖乖跟他玩。

後來我和Alan一樣，也很會玩不同類型的運動。

Anti-Man

第一次碰到所謂的gay也是在這島上，有個跟哥哥同年的黑人男生，他對老哥非常有興趣，常在大使館門外叫他，每天到了下午放學的時候，就會聽到外面傳來叫聲：「Alan!Alan!Alan!」這時老哥只好躲起來。我其實心裡暗爽，因為老哥要躲起來，就不能逼我出去打球了！至少我可以看完卡通，等那黑人離開再陪他去玩球。那時候在那島上，大家都稱gay是Homo-Man或Anti-Man，哥哥那時已經八年級，他大約也知道是怎麼同事，誰教老哥長得那麼英俊，那種相貌常會吸引一些gay。

這也是我第一次覺得長得不帥或許也是件好事，省了很多麻煩，這樣想就對自己比較有信心了！

It's All About the Image

在加勒比海，住家跟大使館是合在一起的，所以我們家經常會辦party或dinner。也因為這樣，我跟我哥都需要穿得人模人樣才能會客，阿姨最喜歡讓我們穿兄弟裝，雖然我們不喜歡，但年紀太小也無從反抗。在加勒比海週末真的很閒，我們通常都是星期六去海邊，星期天老爸他們便拉我跟Alan開車去環島，到島的另一端一個五星級旅館去喝下午茶，我們只覺得好無聊喔，但老爸他們就喜歡做做樣子，帶我們出去，好像一個happy family。

School days

我們在加勒比海讀天主教辦的學校Convent High School，在學校裡每天早上要大聲唸主禱文，剛去時我連英文都不會，根本不知道同學們在唸什麼，所以我都把他們當成是在唱歌一樣，然後跟著他們唸，倒也唸得有模有樣，雖然至今也不知唸的是什麼碗糕。新學期開始或結束都會去教堂望Mass，老哥對去教堂這件事非常反感，我每次都說他其實是devil in disguise。

我倒是很喜歡唱聖詩，有種平和的感覺，老媽研究靈異後，找來一位會看前世的通靈者，她說我前世是個印地安酋長的兒子，後來成了宣講和平的牧師。既然前世當過牧師，難怪這世聽唱聖詩覺得滿順耳的。

我第一個喜歡的女生也是在這學校認識的，她是一個名叫Saskia的棕色皮膚混血女孩，她有可能是印度/黑人混血，眼睛真是有夠大，至少有我的四倍吧！她也是我們班上的校花，雖然我對她有意思，但在學校的五年中，跟她的對話真是少得可憐，不知是膽小，還是我其實沒那麼喜歡她。那年齡說實在的，男生應該對女生沒那麼感興趣，因為對性沒啥認知，所以就算在一起，我也不知道要跟她做什麼。（別想歪了！我是說牽手或親親。）

我還是最喜歡我的卡通，還有我的電動！

畫畫原來是有錢賺的！

其實我的藝術才華在加勒比海便展現，當時我們班上都很哈變形金剛，我很會畫，有一天在教室裡自己畫柯博文畫得很high，結果被同學發現就叫我幫他畫。接著，一個接一個的同學都紛紛找我畫，而且願意付錢給我。有時候我會買四送五，小小年紀的我還真有生意頭腦，當然老哥也貢獻了一些鬼主意，像接受訂做，加上背景，還要多算價碼，同學還得預約，我的生意簡直好得不得了！我把所有賺的錢都放在鞋盒裡，偶爾拿出來享受數錢的樂趣。

後來被一位家長發現，應該說是其中一位同學告密的，告到校長那裡，我便結束了我的賣畫生涯。如果不是被學校制止，有錢賺作為激勵，我應該會越畫越好，很早便在漫畫界嶄露頭角了。

臭臭的看電影

島上只有一家電影院，戲院裡全是黑人特有的味道，只要上演艾迪・墨菲的電影，像是什麼「Coming to America」，電影院便擠爆了，黑人最喜歡看他演的片子。

島上電視節目倒是很豐富，有HBO、CINEMA、ESPN還有一堆有的沒的頻道，當然現在不算什麼，但是以前可說是一種luxury。有很多電影都是這時候看的，它們對我的影響也算大，至今我仍是看這些台。

老爸拿手的四道菜

阿姨回台灣生弟弟那幾個月，我們就很慘了，因為老爸不會做飯——不，應該說是花樣不多。我們那時的menu如下：每天早上先來幾片厚厚的pan cake，中飯、晚飯不是紅蘿蔔炒牛肉絲，便是青椒或洋蔥炒牛肉絲，剛開始吃起來還不錯，但一連吃了好幾個月天天都是一樣的菜，真是讓我吃到怕！而且老爸又不准我們剩（可能他懶得處理），每次都逼我們一定要吃完，到現在我都記得那pan cake的味道……

上大學後，有一天實在吃膩了麥當勞的漢堡，想到當年老爸的洋蔥炒牛肉絲應該不難做，連他都會做了，對我這artist有什麼難？結果真的炒得比老爸做的還難吃，最後還是吃泡麵……

台灣唯一的connection

在加勒比海的時候會想起在台灣的娘只有一件事，那就是請她寄模型玩具來！我們寫信給老媽都是要東要西的。我那老哥很聰明，乾脆叫老媽寄一份田宮模型的目錄給我們，然後只要照目錄選我們要的模型，再給老媽目錄上的編號就ＯＫ啦！只不過那時沒有所謂的Internet或即時通話，所以有時候沒有貨，老媽就只好自由發揮請老闆幫我們選，因為再寫信問我們要什麼，這時可能要等上快一個月，現在回想起來我們真是小混球啊！但是老媽倒是沒生氣，反而跟我說：「還好你們只是要東西，這代表你們在那邊過得快樂而不是不快樂，想要回台灣。」老媽這樣講，我覺得一點也沒錯，哈哈！

愛美的男子

我們還住在旅館時，常到另一家高級旅館剪頭髮，那裡有個理髮師叫Rene，那時英語很破，所以都是阿姨幫我們翻譯，但難免會出現一點miscommunication。我們要他剪短一點，結果他把我們剪成平頭，哥哥一看到鏡子便跑到外面哭了，因為他太愛漂亮了，這也刺激他把英語學好，以免再出這種差錯。

天天游泳都……
很好 我一直希望等到兩年 媽媽你一
定要到美國來再見 龍龍敬上

差點做海龍王女婿

我們是在旅館游泳池學會游泳的，學會後便去海邊游泳。有一次，兩人被退潮拉到外海，想游回來，卻不斷被海浪給打回去，這時已游得筋疲力盡，最後只好把雙手插在沙中，慢慢掙扎游回去。哥哥先上岸，累得爬不起來，也沒辦法救我，我只好自求多福，最後也爬上岸，我們兩人差點做了海龍王的女婿。我那時長得瘦小，頭大四肢細，外號叫小蝦米，我也不知自己是哪來的力氣游上岸的。

老媽知道這事後說我們當時若淹死，她日後也不必花這麼多心血和錢，不過命運的安排，她沒那麼幸運！如果我們當時真的淹死了，我看她和老爸會結下血海深仇，大概一輩子都不會原諒他，非把他咒死不可。

幸福小島

在加勒比海聖克里斯多福島上那五年的日子是我們一生最快樂的時光，真的粉快樂。我們玩都來不及了，哪會想到老媽？更別說去關心她因遭遇婚變心情不好的事。

我常覺得人生是補償作用，我們小時候雖然失父少母，卻有美麗自然的加勒比海為伴，至今我們兄弟對去任何的海邊都沒興趣，因為沒有一處海邊像加勒比海那麼美麗。

其實我並不像我哥那麼在意父母分開的事，而且我也不算是選擇性遺忘小時候的事，我只是比較不懂事，完全對所謂的「家庭」沒概念。自從我有記憶以來，老爸跟老媽就已經是分居的狀態了，所以我也沒辦法體會什麼是完美的家庭。

南非歲月

從加勒比海到南非

老爸調到南非之前，我們先回台灣兩個禮拜，那時還真興奮，畢竟加勒比海是在物質上什麼都沒有的地方，不像台北什麼都有！西門町的萬年大樓當然是必敗的聖地，那是各種各樣的鋼彈都可以找得到的天堂，有大的、有小的，真是讓人眼花撩亂！只不過……老爸給的零用錢實在不夠用。

這時候腦海裡就會浮現「老媽」兩個字，好像也是應該去看她的時候了，所以我們這兩個曬得黑不隆咚的小子就去新隆國宅找提款機嚕！

老媽剛開門應該是嚇一跳吧！我們那時候真的超黑的，褲子脫下來可以看到很明顯的小白屁屁，經過五年沒見到老媽，她看起來還真陌生。但沒關係，見到老媽時再跟她說我們還沒去過萬年大樓！

小恐怖

我們做了很多模型，做好都會放到櫃子上，但每次放學回來總覺得不對勁……有時候是有些模型的小零件不見了，有時候是整個模型不見！

原來，小弟趁我們去上學或出去玩的時候，就會偷偷跑進Alan的房間，然後玩我們的模型，我們發現以後就盡量把模型往高處擺或鎖在玻璃櫃子，但小弟每次還是有辦法拿到那些模型，最誇張的一次是他把我一架米格戰機塗成紅色的！！

阿姨雖然叫他不要動我們的東西，小弟卻什麼都不怕，可以說是被寵壞了，最後我們只好給他一點顏色瞧瞧……有一天，我們決定把他的頭用馬桶水洗一洗！

南非二三事

我們在南非讀St. John's教會學校，這是典型英國貴族學校，管得很嚴，就像哈利波特他們讀的學校一樣。

哥哥進入青春期，整天跟他同學Robert鬼混，喝酒、抽煙。Robert是典型的南非白人，有嚴重的種族歧視情結，哥哥受他影響也歧視黑人。我大部分的朋友都是黑人，唯一的白人朋友是Robert的弟弟Reggie，但我跟他其實是泛泛之交。

Robert有車，所以哥哥跟他混時不讓我跟，我成了可憐蟲，經常一個人亂跑。因我們住郊區，沒車哪裡也去不了，我的朋友不是中國人便是黑人，我一直覺得很難跟白人交上朋友，不懂他們在想什麼，當然我也會喜歡白人女孩，但她們看不上東方男人，所以我也從未交過白人女孩，即便我一直待在國外。

我到南非後照樣不讀書，到了十五歲還不會背九九乘法表，反正也用不上，買東西都用計算機。

非洲：看Discovery就好

在St. John's時還有野外求生訓練，住在非洲大草原，四周充滿了原始風味，一如「血鑽石」電影所呈現的。在野外待上一週，回來後就像野人一樣，我們學習如何節省用水及食物，一天走上十小時，晚上睡帳篷，經常有黑色的蠍子入侵，還有同學生火時，被犀牛給踹傷，但我從未碰過。現在偶爾看Discovery頻道拍的非洲景色，就覺得還是坐在沙發上看就好，想到以前走十二小時又沒水喝的往事，雞皮疙瘩都起來了。

恐怖的女人

奶奶來南非看我們，我們兄弟陪她去逛當地最大的百貨公司。她老人家有夠猛的，逛上一整天也不累，為了shopping，她可以連續走九小時不休息，我們兄弟倆已累得半死，難怪她以九十四歲高齡過世。

Out of Africa

在南非，哥哥常與阿姨吵架，其實她並未管教過當，只是我們不受教。老爸從一開始便不管我們，我並不知中國有句成語叫「養不教父之過，教不嚴師之惰。」他面對我們總是沉默以對。

有一天下午，我自己出去玩回來時，發現家裡有一種不尋常的安靜，進到Alan房間，發現他一個人在屋裡面，通往陽台的窗戶多了一個洞。原來，當我在外面鬼混的時候，哥哥跟阿姨發生衝突，之後他打電話給在美國的姨媽，表明要去美國唸書，姨媽叫老媽出面解決問題，最後我和哥哥便離開南非，出發到美國舊金山。

說實話，跟老爸相處七年多，我不記得我們之間談過任何話。他從沒問過我的功課，他也不曉得我的程度有多差。Alan那時候跟他們起衝突時，大多時候我都是旁觀者。媽媽打了幾次電話來，要我待在南非，唸完中學再去美國。我在電話中都說好！好！好！實際上，我自小跟著Alan，我怎麼會一個人留下來呢？我當然更不會去想老媽要花多少錢收拾我們倆的爛攤子。我只想到離開這家，我就自由了！我從沒想過我的人生因此有了很大的改變。

台灣高中生活

If you're going to San Francisco

我們在舊金山住的附近有家Seven Eleven，店裡有台大型電動玩具「快打旋風」，我每天去那裡報到，研究別人怎麼打，然後才下場，結果一分鐘不到便敗陣下來，回台灣後繼續練我的快打旋風。有次我去同學家玩，沒告訴姨媽，姨媽很生氣，認為責任重大，她負不起，便要老媽把我帶回台灣。哥哥這時已有女朋友，兩人整天膩在一起，我又落單了，還好我待不到兩個月便回台灣。

老媽常說，如果我沒回台灣，繼續留在美國，頂多混到高中畢業，畢業後當個送貨員或卡車司機，週末吃牛排，在電視上看到美國打伊拉克便會拿罐啤酒邊喝邊罵……哈哈！這樣好像也滿爽的。

回娘家

我回台灣讀美國學校，這時老媽才發現我的程度與我離開台灣時沒差多少，我小學成績單、初中成績單上全是個位數字，問我六乘以七我答四十三。有一次老媽問我英文的shortcoming（缺點）翻成中文是什麼？我腦筋一轉，把short（短）coming（來）分開翻譯變成「快來」，我那時候覺得自己怎麼這麼聰明？嘿嘿！其實那時真是笨得無可救藥，簡直跟沒上過學的野人差不多，滿嘴黑人英文，沒有文法、時態，只有單字的連結。

對於在建中教書的老媽而言，我簡直是糟透了，成天只會打電動，超級瑪利的聲音有如魔音穿腦，讓她終日不得安寧，她被我氣到動輒破口大罵，所幸她的高徒們願意協助她整頓我這個爛攤子，總算讓我在畢業時，有了一個高中生應有的程度。

剛回台灣的時候，說實在的，我基本上是完全處在狀況外。台灣那時對我來說是個非常不熟悉的地方，我的中文不是很好，人生地不熟的，更不用說我對台灣文化是一無所知。我唯一懂的一些台語就是「聽不懂」，好死不死，有一天等公車時，有一位老先生用台語向我問路，我完全聽不懂，只好尷尬的笑一笑，用台語回說：「拍謝！我ㄊㄧㄚ ㄅㄨㄛ ㄝ。」結果老先生看了我一眼就搖搖頭走了，我那時的感覺就好像東方人在國外被問話時說：「Me no understand English！」

回到台灣雖然是跟老媽住一起，見面的時間並不多，那時候她非常忙，要教書還要搞她的婦女運動。通常週一到週五，我下課回家後只會看見一張五十塊鈔票還有一張紙條在桌上，不用看那紙條也知道老媽要我自己去買便當，如果我不想吃便當，家裡也有一箱泡麵。到了晚上八、九點老媽才會回家，她通常不是看書就是批改學生的功課，週末老媽會帶我跟蕭颯阿姨還有她女兒喝下午茶，她們大部分的談話內容都是罵兒女……好在我從小姥姥不疼舅舅不愛，被罵也沒感覺，即使我媽罵人的功力是一流的！

但日後習慣了台灣的生活，在學校也交了一些朋友後，我就比較少跟老媽出去了，她那時候正忙於她的婦女運動，參選總統。而我正好也算是叛逆期，通常一下課就等不及地跟朋友們出去鬼混，其實母子間少有互動。偶爾還會跟老媽起一下衝突，那時候的我不是很懂事，對老媽的婦女運動也沒興趣，（可能我在國外長大，比較沒感覺到男女不平等吧！）所以常不能體會老媽在外面奮鬥的辛苦，可是話說回來，她一直都說自己是女強人啊！我以為她可以輕鬆搞定那些事情……

我高中時期跟老媽的生活過程其實已經寫在她另一本《兒子看招》書中，我已經差不多忘了老媽在裡面寫了什麼，可以想像大部分內容都是在罵我們，她在書裡還把我全部的糗事都爆料出來，尤其是我跟那時的女朋友的事，害我還被臭罵一頓，所以往後遇到什麼事情我都會先評估一下，再決定要不要跟老媽說。家裡有一個作家就是比較麻煩一點……

當然我也想過，我們當初若不回老媽身邊，絕不會有今天的人生；我們大概不會讀大學，不會發揮我們的藝術長才，也不懂什麼叫哲學，我大約只比文盲好一點，也不會領略文學和藝術的美，更不會去探討人生的意義。

由於高中那段生活有老媽的書《兒子看招》可參考，我的記憶沒她那麼好，更何況她是苦主，自然要在書中大吐特吐她的苦水，我便不再囉嗦了。

美國大學生活

大學募兵

從小我一直都非常喜歡武器，不管是飛機、坦克、步槍或金剛，以前還曾經想過要去當職業軍人。

我剛去明尼蘇達大學唸書的時候，有一次晃到Career day，就是一堆公司來提供學生就業資料參考，這樣學生對於畢業後有什麼工作機會會有更清楚的概念，美軍當然也不會放過這個大好機會，來校園增加一點「fresh meat」。

自從看了「捍衛戰士」，我就一直想當飛行員，就像Tom Cruise一樣，但因電玩玩太多了，導致我需要戴眼鏡，我心想當不成飛行員沒關係，問一問也無妨，結果一位軍官聽了很高興的回答我說：「可以啊！你還是可以『坐』戰機，只不過你是坐在駕駛後面負責操作雷達的那位！」

當他聽到我說「Tom Cruise」時，算那位軍官很有良心，沒大笑出來。

之後又看到Discovery頻道介紹新兵加入陸軍的經驗，每一個新兵都得進去瓦斯屋體驗被毒到是什麼感覺，我看了以後，心想還是不要那麼累好了。

問。

當然，那並不是我沒去當軍人真正的理由啦。

主要還是因為跟老媽生活過，吸收到她的一些觀念，讓我對當軍人這件事有疑

老媽從來不會阻止我做什麼，只偶爾會說一些很直接的話，像「當美國兵不錯啊！這樣你戰死了，美國政府還會賠償，而且他們還會找帥哥把國旗交給我，我還有撫恤金可拿！」

我心想，美國那麼愛打仗，我要是真的參加美軍，不是被敵軍幹掉，就是被自己人誤殺（美軍常在伊拉克幹這種事），那樣不就讓老媽趁心如願了嗎？我看我還是乖乖搞我的藝術好了，有空可以玩一下BB槍，又安全，又不會死人，哈！

其實要是當初留在美國沒回來，我很可能有百分之九十的機會去當阿兵哥吧。以我從小到大鬼混又沒人管的情況，我不會讀大學，又沒一技之長，當兵算是好出路了。不過，我還是不能忘情當軍人，所以參加了BB彈槍隊，每週去打一次，與一群志同道合的隊友廝混，倒也滿足了我的英雄夢。

第一個創作

我記得小學時參加圖畫比賽曾入選，我的得獎之作是「我的家人」，我畫的是Gundam鋼彈，家人都在鋼彈中，然後飄浮在空中。當然老媽會說我把家人都畫在鋼彈中，是因為我在潛意識裡知道我的家庭要四分五裂了，所以讓它放在堅固的鋼彈中。

至於飄浮在空中，那是我對我的家一種童稚的直覺，家是不確定的，是飄浮的，是沒有支柱的。可是，其實……只是因當時流行鋼彈，我超愛鋼彈，所以靈機一動，便將我的家畫進去了。對我而言，鋼彈遠比我的家有意思得多。

喜歡就去做

我在明大唸了兩年生物，成績普普，哥哥看我畫得不錯，要我乾脆申請羅德島設計學院算了。說實話，每天要解剖小動物，讓我於心不忍。我也許有唸醫的實力，但我還是喜歡藝術，便轉學到羅德島設計學院，當然唸藝術比唸醫還花錢，可是我老娘也沒說什麼，她只問我想不想去？喜歡，覺得這是我要的就去，不用擔心錢的問題。所以我就此走上了藝術這條路。我在藝術學院還選修科學科目，我當時想萬一當不成藝術家的話就繼續唸醫科。

果然都是怪咖

我讀的學校羅德島設計學院，簡稱RISD，這所學校講究的是概念創意，而非像一些西岸的學校重視的是技巧，所以會來唸的都是想當純粹的藝術家。在學校中，同學皆是才華洋溢之輩，有許多可以切磋的對象，誠如成語「一時俊彥」。

剛進入羅德島設計學院的時候，說實在的，還沒看過那麼多的怪咖，因為我是轉學生，RISD規定轉學生都需要上暑假基本課（就是大一要唸的），要在三個月內把一年的學分修完還真辛苦！這也是他們所謂的Crash Course，而且這三個月規定要住學校宿舍，我被分配到跟一個學攝影的傢伙住在一起，他老兄就是常在電影裡面出現的那種藝術家，吸毒又愛混，我以為我算是很邋遢的人，沒想到他更邋遢，因為吸海洛因，他經常處於昏迷狀態，常常昏死在廁所裡。他最驕傲的就是他那根塞滿金鋼球的「那話兒」，他給我們看照片，一球一球的還滿有型的！但是仔細想一想，整天吊一串球走來走去，而且要用的時候，還得多用點力氣把那些球拉起來……這樣會不會太累啊？

我學藝術是半路出家，不像很多同學是從小就決定要當藝術家，剛進這所學校，根本摸不清頭緒。有個同學畫女人的屁股，只畫兩條線，老師大加讚譽，認為那兩條線十分有power，那時我也不太理解，只覺得老師好像很喜歡奇奇怪怪的東西，所以我就畫了許多稀奇古怪的東西，連食物都給它拿去當材料畫，但是我的畫從不受老師青睞。

在羅德島唸藝術還滿辛苦的，有人算過我們的課業量比哈佛醫學院還重，其實搞藝術真的沒那麼容易，不是說你想畫什麼就畫，人家如果看不懂或無法瞭解你想表達什麼，那一點用都沒有。大一到大三，因我從未被老師肯定過，自然會有挫折感，有一天跟老媽訴苦，老媽問我如果畢卡索在我們學校唸書，老師們會認為他是不世出的天才嗎？

我想想後說應該不會，老媽便說：「恭喜你！賀喜你！所幸沒有老師肯定你，如果他們認為你畫得好，那麼你的格局就跟他們差不多。真正的天才不是一般老師能肯定的，所以中國有句成語『秀才老師狀元學生』，老師只有秀才的本事，卻教出狀元學生，不是這個老師有本事，而是這個學生本來就是狀元的料。」

我聽了後釋懷很多，但我還是不太肯定我到底是太有才華，所以老師看不出來，還是我其實才具平庸。直到大四我才搞清自己的能力，我擅長於漫畫與動畫，所以畢業後也一直朝這方面發展。

做什麼都要漂亮

我在羅德島唸書時還去星巴克打工，我做冰沙咖啡可是一流的，不少客人一進門便指名要我做的冰咖啡，同事給我取了一個綽號叫「Frappucino Wonderboy」，即星冰樂小子。經常有一位小姐進來就指定要我為她做星冰樂，因為她說我做得就像照片裡的樣子。說實在的，當你有十杯飲料要在最短的時間做完，要把它們做的漂亮還真不簡單。我最不爽的就是那些速食店每次拍的食物照片看起來都超好吃的，但實際的餐點差到讓人沒胃口！所以我堅持要把星冰樂做的跟照片一樣，只不過那位小姐不知道我的名字，所以她都稱我「戴眼鏡那位」。

白日夢

偶爾當課業太操時，我三不五時就會想到一個念頭，乾脆開家咖啡店好了！早上十點到十一點開門（看心情），晚上十點關門，店就開在一家藝術大學旁邊，這樣至少我還有辣妹可以欣賞，然後再請老媽過來管帳（可是我想應該不用請，她會自動來管帳的）。關門後，我們母子各自回自己家……說到這，老媽問我為何不跟她住？拜託！跟她住會要我的命，何況我總會有女朋友過來，搞個大電燈泡在一旁，不是跟自己過不去嗎？

夢想・工作

廣告明星夢

最近有人找我拍廣告片，是慶祝家樂福二十週年的廣告，現實中我是連養活自己都有問題的窮藝術家，在片中我卻有妻有女，可惜片子主角是她們，我只是可有可無的路人甲。本想畫家當不成，當個廣告明星也不錯，誰知我因不會說台語，再加上演技生疏，經常被打回票，看來廣告明星夢也做不成。

更無聊的夢

每當現實生活不如意，我常常就會跟老媽說我乾脆去阿拉斯加弄個小木屋，屋前有小河，我可以打赤膊，在河中游泳，釣魚，身旁還有一條trusty 牧羊犬陪著我。當然，這個夢比開小咖啡店還不實際。

當然！我還是決定當藝術家，畢竟這是我的最愛

喜歡畫畫是一回事，把它當職業卻只有一個「累」字可言。有案子時要熬夜，等

交件時已去了半條命，沒案子時又擔心無米下鍋。

我們的作品在國外得了一些獎，但回到國內叫好不叫座。也許我們兄弟倆選了一條最難的路，雖然勇氣可佳，但前途未卜，一片茫茫然，也不知何時才是出頭天。

若不是老媽支持，其實我們好幾次快支持不下去，有時我也會懷疑，堅持理想是否是不智之舉？

我一生很少得獎，小學繪畫比賽得到第二名，打ＢＢ彈得過全省第一名，我的「splash」環保小英雄曾經獲得新加坡動漫展第一名。

總而言之，不管怎樣，我就繼續給它畫下去！

在全球化的今日，對藝術家而言不知是喜還是憂

以前西方藝術家只能受教皇或麥西迪家族的豢養，中國的宮廷畫家常是身不由己，不能畫自己喜歡畫的，得畫有錢人指定的，但生活有保障，作品也因有錢人收藏而名留後世。如今畫畫，若能畫出一些能引起共鳴的東西，甚至遠至非洲，都會有人欣賞。以前電影中的主角常會豪氣千雲的說：「I am going to show the world!」如今只要你的東西受歡迎，透過網路，很容易「show the world」，現在已無法想像沒有網路的時代。但畫家也多如過江之鯽，如何才能吸引大家的眼光呢？何況用電腦做畫，人人都可以成為畫家、作家，要如何脫穎而出？

小蝦米的告白

我一向不像哥哥那麼有目標，有理想，有願景。我是個不起眼的小蝦米，逃避大鯨魚，在淺灣中游來游去，只想做個自由自在的人。我相信這世上有許多像我一樣奉行小蝦米哲學過日子的人。

我只期望能畫出小蝦米的心聲而引起眾蝦米的共鳴，於願足矣。

我也絕非是那種對抗大鯨魚的小蝦米，在這次金融海嘯中，大家才發現許多被視為大鯨魚的大企業，原來早已成恐龍化石了。

「數大就是美」的時代過了，回歸平淡的人生，做隻小蝦米也許是比較務實的做法吧！

兩性話題

Tying the knot

看看我周遭的人他們的婚姻狀況，說實話令人稱羨的沒有，我常想人為何要結婚？我的一位隊友跟女友交往六年，吵吵鬧鬧，本來要分手，不料女友懷孕，只好奉子成婚，誰知結婚六年，還是say拜拜。現在小孩歸他扶養，也不能常出來參加活動，因為要在家裡照顧小孩。還有一個隊友一到中午便忙著趕回家，因為難得假日，不帶老婆孩子出去逛逛，老婆怎會善罷甘休！我看他們的人生很累，我喜歡自由。

當然沒家眷，人生也無聊。問題是只要與一個人建立親密關係，隨即生出種種問題來。自小天生天養的我們，不敢想像如果套上婚姻枷鎖會怎樣？

很多人把我們不結婚歸咎於父母離婚。其實哪有這麼簡單？人生充滿了無力感，以愛情為基礎的婚姻如何能天長地久？現代人只要看對眼，隨時可上床，愛情零阻力的結果，來得急去得快；因為愛情只有在面對阻力和生離死別時才會彰顯它的偉大，沒有封建社會，沒有吃人的禮教，現代人結合唯一的困境是money，結不起婚呀！

就算現在結得起婚，也不表示日後有足夠的財力能維持下去。每個人都是浮萍，職場上lay off是家常便飯，生活中沒有任何保障，每個人都是泥菩薩過江自身難保，連自己的未來都不知在哪裡，又能給對方什麼保障呢？

古代結婚為傳宗接代和養兒防老，如今人口爆炸還需要傳宗接代嗎？至於養兒防老比中樂透還難。

老媽要我站在她的立場想想，養我們划算嗎？對她的人生有加分作用嗎？到老還要為我們擔驚受怕，被我們拖累，我們還要批評她心胸狹隘，對老爸追殺到底。

她一再舉例說那些對前夫不會口出惡言的女人，都是因為前夫付足了贍養費，盡了他們的道義責任，否則她們哪會有這麼大肚量呢？

她這一說，我更不敢自不量力了，萬一我付不出贍養費，我不是要擔天下罵名嗎？我哪敢生小孩，萬一我的小孩跟我一樣養成期這麼長，我不知自己是否有老媽的本事能長期抗戰。

老媽早已宣稱絕不替我們帶小孩，不替我們收爛攤子，因她看到奶奶的下場：一大把年紀還要帶孫子，兒子下班後忙著跟外遇約會，她得趕回家，因為幫傭的阿玉做完晚飯要回自己家。有次就為趕回來，把腿給摔斷了，住了好一陣子醫院。當年奶奶帶我們時比老媽現在的年紀還大，帶了我們六年，等我們去加勒比海，她已經七十歲了。

終其一生，她的兒子都沒能力也沒意願孝養她，老媽才不想重蹈她的覆轍。

男人只會打嘴砲

槍隊中不少男人是為逃避老婆嘮叨而來參加的，大家到一個純男人的團體會自在些。彼此經常開玩笑說：「你是連發還是單發？」這類有性暗示的笑話。

我當然知道槍是陽具象徵，哪個男人不希望自己是個戰士，不論在職場、遊戲場或床上。「金甲戰士」電影中，訓練新兵時，士官長要新兵一手拿槍，一手拎著自己的（鳥）唱道：「This is my rifle. This is my gun. This for fire. This for fun.」聽說台灣軍中把這兩句經典歌詞改為：「我有兩支槍，一支打共匪，一支打姑娘。」

常言男人四十歲以後只剩一張嘴，哪有能力打姑娘？至於共匪，擁抱還來不及，沒有他們，台灣經濟如何振興？

如今連跟老婆、女朋友上床都是壓力，工作一整天，被老闆罵到臭頭，這時還要應女伴的要求做愛，真可說是勉為其難。若拒絕她們，那就死路一條，萬一哪天一時「性」起，她們怎肯配合？這時只好安慰小弟弟，再賣力個一小時，一小時過後就可以好睡了……男人真命苦！

所以槍比女人好搞，手握一管槍，砰！砰！砰！砰！藉此發洩一下壓抑的情緒，我們還能幹什麼呢？至少不是賭博、酗酒那樣的不良嗜好，不至於搞到傾家蕩產。

還記得Jean Reno演的一部職業殺手電影「The Professional」，片中看他清洗他最愛的花盆的小女孩Matilda說：「你真是愛那盆栽。」殺手Leon就說：「They never complain, Always happy.」我們的槍也一樣，只要保養好，they're always happy. 但女朋友／老婆可沒那麼容易喔……

玩生存遊戲時，大家亂開黃腔，還不是為了減輕壓力，男人哪個不是心知肚明，知道自己的能耐。

若真以為光憑「小弟弟」便可以搞定女人，那是天下第一大白癡！女人只是給男人一點面子，讓男人以為能用小弟弟搞定她們。

我們男人該心存感激，感激女伴為維護我們脆弱的自尊而喊「Bravo！」哪敢真的耀武揚威臭屁起來！喜歡炫耀自己床上功夫的，都是不知掂自己斤兩的大白癡。

Up close and personal

關於這個sensitive的subject我其實常想過，因為我們是在一個不完整的家庭中長大的，是否以後有了自己的家庭就會做得更好？

我想我沒有答案，我只知道要生小孩還是先好好考慮再說吧！一旦要生，就要做好準備。

我從小就是個不起眼的傢伙，所以常做一個旁觀者，Never really got emotionally involved。

可能因為我經常是獨來獨往的傢伙吧！我發現我很不習慣家庭聚會，不知是否因為我跟我哥從小就比較獨立，還是本來就比較自閉，我常常會排斥家庭的感覺。我覺得男女在一個relationship裡都需要有自己的興趣和獨處的空間，重點是這興趣又不能太讓對方不能接受，如果說我的另一半無法understand我的嗜好，要維持長久關係就很難了；她若整天黏著我，三不五時連環叩，談戀愛時會覺得甜蜜，久了我會落跑，因為太可怕了。

會嘮叨是女人本色

高中時，我從來不記得老媽很嘮叨，大學畢業剛回台灣，有天我在家裡看電視，結果門一開，是老媽從苗栗上台北要拿東西給我，她一進門就開始唸個不停，一下問為什麼客廳開冷氣其他地方的門都不關？我還沒來得及回話，她馬上又唸：「垃圾都滿了為什麼不拿下去？」我才要說晚一點會拿下去，她就跑到廚房，發現一堆沒洗的碗，立刻又開始唸，一邊唸一邊走到後陽台，又看到一堆還沒洗的衣服……結果她從洗碗唸到洗衣服，很快又出門去辦她的事。我那時愣住了！從她進門到出門完全沒停止過嘮叨，連給我回應的機會都沒有，讓我見識到她的嘮叨功力，果然是名嘴！我想到以前有部廣告，一位媽媽到上大學的兒子的住處，結果也是嘮叨個不停，那情景簡直是一模一樣！女人如此愛嘮叨，若要跟她們生活一輩子，值得深思。

其實男人跟女人一樣

常聽女人愛說男人不懂她們，我個人覺得沒啥好懂的，就像我老哥說的：女人常常喜歡用「你不懂」這句話來讓男人更沮喪。好像她們太深奧了，我們男人太shallow，如此更突顯我們男人沒能力。說實在，我真的懷疑其實女人連自己也搞不懂自己吧，她們每次都不願意說出個理由，那我們怎麼會懂呢！

其實男人跟女人也沒什麼不同，舉例來說好了，我經常跟一堆男生去玩生存遊戲，這是一種類似漆彈的遊戲，但用的裝備跟槍械都是照真實世界裡的武器。

我們男人愛收集槍，跟女人愛買鞋或包包一樣，槍櫃裡的槍總是少了那麼一把！而且一定是什麼裝備都有，這樣才能配合不同的occasion。

我們時常像女人一樣，大家約出來到玩具槍店shopping，然後再去咖啡店討論一下剛才的戰利品。你們可以想像幾個男生在咖啡廳吵吵鬧鬧的討論玩具的景象嗎？而且我們還會建議對方他們適合穿哪種服裝，用哪種槍！

有時候我覺得我們其實跟女人一樣也很三八的……

我想男人其實也會相約一起去上廁所，但由於要show出自己的小弟弟，一定會引來比較大小的問題，所以男生還是自己去比較好吧。

男女關係的抱怨

我其實對男女關係毫無看法，只是偶爾會跟老媽抱怨，為什麼做男人要這麼辛苦？

關於男女嘛……對我來說是，It's all about who gets to be in control.（誰在掌控

而已。）

我倒是同意老哥的說法：男人要自強一點，因為女人確實在成長，而成長速度頗快。

我自己也覺得有時候男人對女人的看法有點幼稚，他們可能是看太多電影，對女人有刻板印象，我從以前的女性朋友中學到很多東西，像其中一位，最近跟另一位同年紀的男生交往，那男生整天愛來愛去的，喜歡黏她，但那女孩可懶得跟他玩，人家已過三十，時間寶貴得很，她可是要找個可以結婚的對象。但她又不想講得太白，以免人家覺得她迫不及待，然而那男生好像還活在電影裡，整天要有lovey dovey的感覺！而我那位女性朋友只想趕快找到有錢可以嫁的男人，當然那男生很愛她是不錯啦，只不過，那其實不重要。

現代人強調自我意識，每個人都在尋求快樂，感情上也是，但這樣是否會讓人越來越自私呢？

女人活在這個時代真好，她們可以選擇工作或被人養，要是運氣好，找到一個聽話的男友，就會被照顧得很好，連在床上都不用出力。

我覺得老媽做婦女運動，應該算做到了，也算很成功，但沒做到底。不過這並不表示男女平等，就像老哥說的，女人被解放後，她們變成左右逢源，既不想拋棄原有被男人呵護的權利，又想佔新時代的便宜。

我覺得男人幫女人拿包包還好，但這種情況好像只有在亞洲地方比較常見，國外較少看到。我剛回來時也覺得這樣很怪，女人因懶得整理包包，所以每次出門就會帶些有的沒的，自然會提什麼都可帶的大包包，但她們又沒體力長時間扛這些東西，需要男朋友幫她們拿。我常看那些嬌小的女生提著跟她們身材不成比例的包包，而且又是穿高跟鞋……這不是自找麻煩嗎？她們當然也知道很麻煩，很矛盾，但又愛美，所以當你問她為什麼要自找苦吃時，她只會白你一眼說：「你不懂！」

我心想，她們幹嘛不買男人的包包？反正最後都是要男人揹！買超花的包包又要男友揹，不是讓她們的男人變很娘嗎？不然就不要帶那麼多東西呀！女人也該學習像軍隊裡把裝備分類成first line gear，second line gear！

問題其實是她們想藉此撒撒嬌，反正男人喜歡這一套，這叫「周瑜打黃蓋」，一個願打，一個願挨。男人犯賤，喜歡這個調調，不過女人要放聰明，一旦成了老夫老妻，還不識相搞這一招，男人自然會換個包包揹了。

還有，女人為何要男人開門？為何出去玩，還是要我們男人掏腰包？為何要男人養家？

我常很疑惑，為什麼廣告中每次都是出現男的開車或騎車載女人的畫面？之前我曾跟一位女生去吃飯，吃完飯後她開車載我到捷運，覺得這樣好像怪怪的，她認為a date要像電影一樣，男的應該開車載女人，但我認為女的為什麼不可以開車接送男的？女人主動追男人也是應該的。

男人為什麼不能跟女人一樣被寵？男人也是媽媽的寶，不是嗎？

還有，為什麼女人不用當兵勒?!

G.I. Jane不就證明女人可以嗎？可以的話，那就該為國貢獻啊！為什麼只有我們男人被逼去當兵呢？難怪社會版中男人因為兵變的問題殺害女友的新聞時有所聞，男人真歹命呀！

也許很多人看到我這麼寫會說：「你是不是男人啊？」他們這樣想時不也是一種性別歧視嗎？

女生會說我們得生小孩，所以比較辛苦、比較累。這樣不是把自己看低嗎？她們生孩子固然辛苦，我們要養孩子更辛苦！

說這些其實也只是小小抱怨一下啦！越來越多女人不想生小孩，我也碰過有車的女人主動追男人，無法想像以後男女的交往模式。我倒覺得現在由於男女平等，不但男人會劈腿，女人更會劈！由於互相擔心另一半會不會胡搞瞎搞，每天搞心機耍詐，這樣的關係該也不會有什麼好下場吧！

現在女人偷吃比男人還容易，反正像薇閣那種旅館到處都有，網路發達的結果，要找個一夜情的男人很容易。

薇閣還做了一些廣告，教女人如何偷情，譬如旅館提供無香味的肥皂，女人跟情人雲雨一番，老公也不會發現。現在是男女互相劈腿的時代，老媽一定會高呼萬歲。有句俗諺，當女人說她只交過三個男友，你得自動多加兩個，若男人說他交過五個女友要自動減兩個，我是十分相信這句話的。

所以說，男人也要跟得上腳步，Know how to play their game吧！還想當大男人把自己搞得那麼累，真是不知死活的傢伙！

說來說去，拉拉雜雜的，看來我也很會嘮叨和抱怨，跟女人沒兩樣吧！

我的母親〈後記〉

老媽不願跟男人經營親密關係，她個性急躁，做什麼事都衝鋒陷陣，從她身上絕不可能瞭解什麼是女人，因為百分之九十的女人不像她！唉，要我如何瞭解女人呢？我只好自己去摸索，去撞得鼻青臉腫，不過我不像老哥那麼sensitive，我也不像他是萬人迷，旁觀者做久了，我很難改自己被動的性格，我跟女人的關係就只能順其自然了。如果她們太強勢，我受不了，也只好落跑了。

老媽說我表面溫和，其實是恬恬吃三碗公飯，我本來不知道三碗公是什麼意思，原來是台語，意思是扮豬吃老虎的人。我不認為我是那樣，只是不喜歡窒息的感覺。

我跟老哥一樣喜歡女人，我會挑芭比娃娃，是因為喜歡女人，而非我很娘，但我只是沒把握跟她們相處得好。回臺灣也七年多了，老媽每次下山來住我的地方，常看不順眼我的屋子亂七八糟，會順手幫我洗衣服，洗碗，打掃屋子，讓我重拾有媽媽的感覺。

這七年，她動過兩次大手術，我可以感覺她日漸老去，我希望自己趕快有點小成就，可以讓她過個安適的晚年。

雖然我和我哥常和她鬥嘴，但我們內心很清楚，我們一直在尋求的是她的認同，我們要讓她過得開開心心的。

在國外那些年，我們一直很清楚，不管我們遭遇什麼困難，老媽永遠是我們的靠山。老哥敢和阿姨起衝突，不也是有老媽當後盾，有恃無恐嗎？

高中跟老媽一起生活時，雖然她很忙不常見面，但她從未帶任何男人回家，她說外婆改嫁，最辛苦的是舅舅，因為阿公看他不順眼，繼父怎會跟妻子前夫的兒子相處得好？老媽不像外婆沒能力，非要改嫁不可。

老媽說她絕不讓我受委屈，任何男人都不可以給我臉色看。

老媽也常開玩笑說當年我們離開她時，哥哥說長大後要買Benz給她，叫我買house給她，我說媽媽不要house，媽媽要男人。

老媽反問我：「你給我找的男人在哪裡？」我說我有說過這句話嗎？

我想她既不會要我們買Benz，更不會要個男人來給自己找麻煩，她只要我們開心過一生，失敗了不失志。

雖然平時我跟我哥都叫她老媽來、老媽去的，但在我們心目中，她扮演的不只是娘的角色，她也是我們的施老師。我在我申請大學的personal statement中寫過：「老媽不只是我的母親，她更是我人生的mentor（導師）。」

國家圖書館出版品預行編目資料

我的老媽是名牌/ 施寄青、段奕倫、段奕德 著.
-- 初版. -- 臺北市：平安, 2009[民98]
面；公分. --（平安叢書；第340種）
（親愛關係；1）

ISBN 978-957-803-750-2（平裝）

855 98014270

平安叢書第340種
親愛關係 1

我的老媽是名牌

作　　者—施寄青、段奕倫、段奕德
發 行 人—平雲
出版發行—平安文化有限公司
台北市敦化北路120巷50號
電話◎02-2716-8888
郵撥帳號◎15261516號
皇冠出版社(香港)有限公司
香港灣仔駱克道93-107號利臨大廈1樓
電話◎2529-1778　傳真◎2527-0904
出版統籌—盧春旭
出版策劃—龔槵甄
責任編輯—金文蕙
美術設計—王瓊瑤
行銷企劃—周慧真
印　　務—林佳燕
校　　對—黃素芬・邱薇靜・金文蕙
著作完成日期—2009年7月
初版一刷日期—2009年9月

法律顧問—王惠光律師

電腦編號◎525001
ISBN◎978-957-803-750-2
Printed in Taiwan
本書特價◎新台幣299元/港幣100元